# B.B.

## baddie buddy

水壬楓子

FUUKO MINAMI presents

JN266612

KAIOHSHA ガッシュ文庫

イラスト★周防佑未

CONTENTS

★本作品の内容はすべてフィクションです。
実在の人物・地名・団体・事件などとは一切関係ありません。

先代組長の三回忌法要は、鳴神《なるかみ》組本家の広間で執り行われていた。

系列である神代《かみしろ》会系の組長や幹部、友好団体の代表者などがずらりと顔をそろえ、黒服の波が部屋を埋め尽くしている。

いかにも人相の悪い男たちがそれぞれに厳粛な面持ちで僧侶の読経を聞いている……のか、寝ているのか。

さすがに冠婚葬祭に慣れている男たちで、長時間の正座にも表情を崩すことはない。

蜂栖賀千郷《はちすがちさと》は迎える側の身内になるのでその席には着かず、裏方の仕事に徹していた。

客たちの後ろの廊下から広間をのぞいて進行を確認する。

真正面の遺影に否応なく目が惹《ひ》かれ、しばらくじっと見つめてしまった。

五年くらい前の写真だろうか。享年五十二歳だったので、写真もまだ若い。

正面に設えられた祭壇の前、施主席で鳴神一生《いっせい》がいつになくおとなしく瞑目《めいもく》している。

若干二十五歳。いつもは長く乱れた髪もほったらかしだが、さすがに今日はきちんと櫛《くし》を入れ、しっかりと束ねてまとめていた。……もっとも長髪というだけで、チャラチャラしやがってみっともねぇ、と目くじら立てる年配の組長さん方は多いわけだが。

さらに、ふだんはだらしない着流し姿で本家の中をうろうろしているのだが、今日は施主という立場もあって、きっちりとした紋付き袴《はかま》姿だった。細身の身体《からだ》だったが、着物は着慣れているせいか、案外しっくりきている。

とはいえ、やるべき時にはやる人だ、と、千郷もわかっていた。日頃の格好も、言動もいいかげんでやる気がないように見えて、頭の中ではしっかりと考えてもいる。

若いわりにあまり表情の変わらない人だが、意外と沸点が低いというのか、我慢の限度が浅いというのか。

そのあたりだけ、まわりで注意しなければならない。

うかつに腹黒いオヤジたちの挑発に乗らないように、だ。

一生は一昨年の組長の急死を受けて跡目を継いだわけだが、すんなりと跡目に納まったわけではなかった。その若さやそれまでのやんちゃぶり――それは良くも悪くもだが――もあって、系列の組からの横やりが入ったわけだが、鳴神組は一枚岩の団結を示して跡目を支えた。

今日の法要は、この二年間の成果とともに、その資質が測られる場でもある。

そしてその一生の隣でピシリと背筋を伸ばして正座しているのが、このむさ苦しい集団の中の紅一点――鳴神恵《めぐみ》だった。一生の姉である。

女がこんな義理場に出ることはまずないが、やはり先代組長の実子でもあり、「姐《あね》」の風格もある。

年の離れた姉弟で、一生よりも九つ年上の三十四歳。成熟した女の色気がある、なかなかの美人だ。

眠気を誘う読経の中、参列の組長さん方の視線もその胸元に集中している。

恵は二十歳を過ぎたくらいで一度結婚し、家を離れていたのだが、数年前に離婚してもどってきていた。

二人の母親、先代組長の姐は十年以上も前に亡くなっていたので、故人の親族としてはこの二人だけになる。

その二人の後ろに、鳴神組の若頭である秀島《ひでじま》が控えていた。

四十過ぎで、実質的に組の運営を任されている男である。

千郷の鳴神組内の立場は、その秀島の補佐になる。今回の法事についても、すべてを仕切っている秀島の下で細かな手配を請け負った。

いくら見栄を張っても張りすぎることのない、ヤクザの義理場だ。と同時に、つまらない失敗をするわけにはいかない。

千郷としてもかなり神経を使っていた。

と、ギシッ…、と背中でかすかに廊下の軋《きし》む音がして、千郷は肩越しにふり返る。

するとやはり真っ黒なスーツ姿の、こちらもいつになくきっちりと喉元までネクタイを締《し》めた状態で、見慣れた顔が近づいてきた。

「どうだ?」

窮屈《きゅうくつ》なのだろう、いくぶん堅苦しそうにネクタイの結び目を引っ張りながら、男が低く尋ねてくる。

真砂半次郎《まさごはんじろう》——鳴神組の、やはり千郷と同じ若頭補佐という地位にいる男だ。どちらかと言えばスレンダーな千郷と違って、長身でガタイもよく、ふてぶてしい面構えも男っぽい。短めの髪に、左目の上に残る傷跡もいかにもヤクザ的である。表には見えない腹や腕、背中にも結構な古傷があるらしいが。実際にケンカも強く、「武闘派」として名を響かせていた。

もっとも笑うと、子供みたいな愛嬌《あいきょう》のある顔を見せる。まあ、そこそこの男前だ。半次郎などと、二昔も前のヤクザの三下みたいなふざけた名前だが、男気も度胸もあって慕う舎弟《しゃてい》は多かった。とっつかまった舎弟を迎えに、単独で敵対する組事務所へ出向いていったり、警察を相手にしたことも、一度や二度ではない。

豪放磊落《らいらく》で、喜怒哀楽がはっきりしている。手っ取り早く力にものを言わせることもあるが、かといってケンカっ早いわけではなく、状況を読む力も、判断力もある。

履歴書を書くとすれば——書いたことはないだろうが——最終学歴は高校中退だったはずだが、しかし頭はいい男だった。商売のセンスも。

水商売やら、不動産やら、みかじめ料やらの昔ながらのシノギを堅持しつつ、新しいシノギも開拓している。

年は、千郷と同じで三十二歳。

千郷の方は、いわゆる「インテリヤクザ」と言われる類なのだろう。

わずかに長めの髪をきっちりと撫《な》でつけ、いつも隙のないスーツ姿に、身長はそこそこだが決して腕っ節は強そうでない細身の体つきで。

眼鏡をかけた理知的で端整な容姿も、高い学歴も、誰に対しても丁寧なもの言いも、たたき上げのヤクザたちからすれば小憎たらしくも、すかしているようにも見えるらしい。

常に冷静で、感情的になることはほとんどない。誰に対しても、感情を見せること自体が少なかった。それだけに、仲間内からも少しうさん臭く見られているところはあったかもしれない。

脅しや暴力沙汰は極力、避ける。配下には株のディーラーやゲームの制作者、ネットのコンテンツ事業者、個人輸入業者などを抱えていて、そのあたりのシノギが多かった。

真砂とは組内でも、そして対外的にも、まさしくしのぎを削《けず》る――シノギの意味は違うだろうが――ライバル同士として見られているようだ。

鳴神組の双璧と呼ばれ、ともに次の若頭候補でもある。

……らしいのだが、千郷にしてみればどうでもいいことだった。

地位や権力争いにさして興味はなかったし、ヤクザという仕事に固執しているわけでもない。

ただ先代へは恩義を感じていたし——そして単純に、この男に負けたくない、という気持ちはあったが。もちろん、シノギで負けるつもりもない。

逆に言えば、こうして組が一丸とならなければならないような場合であれば、味方にしておくにはなかなか心強い男だ。

「問題はない。そっちは大丈夫なのか？」

大雑把な男の問いに、指先で眼鏡をわずかに直し、視線をもどしながら千郷は小さな声で返した。

「あたりまえだ。こんな場で騒ぎなんざ、起こさせるかよ」

真砂が首のあたりを撫でながら、ふん、と鼻を鳴らす。

この法事で、千郷はこまごまとした進行の手配、そして真砂は対外的な——客を迎える役目についていた。

参列しているのは基本的に系列組織の組長や幹部たちだが、表向きはともかく、反目している組同士の組長やお付きの連中も一堂に会するわけで、どうにかすると一触即発の状態になりかねない。

真砂としては法事の間ずっと目を光らせて、徹底的にその火種をもみ消しているわけだった。

「組長や頭《かしら》のメンツを潰すわけにはいかないからな」

重々しい真砂の言葉に、千郷もうなずいた。

やはりこの男でも、それが第一らしい。

「そろそろ終わるぞ。次の準備をしておけ」

「ああ…。本番だな」

千郷の言葉に、真砂が低くうなった。

そう。法事としては読経から焼香がメインだろうが、ヤクザのつきあいとしてはそのあとの会食が正念場になる。

とその時、玄関先からかすかに物音が聞こえてきた。ついでドスのきいた低い声と、妙に甲高《かんだか》い言い返すような声がとぎれとぎれに耳に入る。

どうやらどこかのバカが小競り合いでも起こしているらしい。

肩越しにふり返って、チッ…、と真砂が舌を打った。

「おまえの領分だ。こっちを騒がせるな」

顎《あご》でそちらを指して冷ややかに言った千郷に、ハイハイ、と言うようにひらひらと手をふって真砂が大儀そうにもどっていく。

遠く、どかっ、と何かが鈍く当たるような音にわずかに顔をしかめ、ため息をつきつつ千郷は広間に視線をもどした。

幸い、外の物音が中まで届いている気配はない。実際、おとなしく坊主の念仏を聞いている間は、さして難しくはないのだ。

千郷はちらりと腕時計に視線を落とした——。

※　※

千郷がこの鳴神組に来た、というより先代に拾われたのは、八年前のことだ。

間違いなく人生で最悪の夜で——そして、人生が変わった夜。

その時千郷は自分の身に起こったことが信じられず、頭は真っ白で、本当に何も考えられないくらい、考えたくないくらいに打ちのめされていた。

夜更けの繁華街をぼんやりと歩き続け、ふだんは近づかないようなガラの悪い界隈に入りこんでいたのだろう。

いつもきっちりとしたスーツ姿はだらしなく乱れ、酒を飲んでいたわけでもないのに、足下はおぼつかなかった。

そんなふうだったから、知らない間に肩でもあたったのか、単に目つきが気に入らなかったのか。二十歳《はたち》前後だろう、若い連中に絡まれてさんざん殴られ、みじめに地面に這《は》いつくばった。

「気ぃつけろよな、クズが！」

吐き捨てるようなそんな言葉とともに、顔に唾を吐かれ、……しかしそれを屈辱的に感じるような神経さえも、その時はすり切れていた。

何もかもが信じられず、もうどうでもよかった。自分がどうなっても、どんなふうに見られたとしても。

その程度の人間だった。

どうせ今までだって、まわりの人間すべてが陰で自分をあざ笑っていたのだ。

気安く酒を飲んで、笑い合って、愚痴を言って。相談に乗ったり、乗ってもらったり。

そんな仲間だと思っていた連中はみんな、結局、千郷が転落することを望んでいた敵だった。

それに気づかず、バカみたいに仲間ごっこをしていたのだ……。

そしていつの間にか、千郷は街灯の切れた、薄暗い公園の中に入りこんでいた。

目についた水飲み場で、ようやく思い出したように汚れた手を洗った。唇が切れていたらしく、知らない間に流れ出した血がすでに固まりかけていて、それも濡らしたハンカチで拭いとる。

仕事を失い、これからどうするということも、とても考えられなかった。

虚脱感と喪失感と——絶望。

そして自分のあまりのバカさ加減への自嘲《じちょう》。

身体の中にはそんなものしか残っていなかった。

失ったのは、仕事だけではない。

なんだろう……？　それまで信じてきたものがすべて、一瞬のうちに消えたのだ。

涙も出なかった。

千郷は倒れるように近くのベンチにすわりこんだ。

「……なあ、アンタ。俺たちと遊ばない？」

と、そんな様子をうかがっていたのだろうか、暗闇の中から男の声が聞こえてきた。二人連れだ。

「楽しませてやれると思うよ？　俺たち、どっちでもイケるしさ」

意味もわからず、自分に言われているのかどうかもわからず、重い頭をぼんやりと上げた千郷を左右から挟《はさ》みこむようにして、にやにやと薄笑みを口元に張りつかせたまま、男たちが身体をよせてくる。

「上でも下でも、アンタの好きな方でいいし。どう？」

いかにもな言い方、そして片方は勝手に千郷の隣に腰を下ろし、意味ありげに太腿《ふともも》のあたりに手をのせた。そしてもう片方の男も、馴れ馴れしく千郷の肩に腕をかけてくる。

そんな男たちの様子に、ようやくここがハッテン場とかいう場所だったらしいと気がついた。今までこんなところに近づいたことはなく、……むしろ、意識的に避けようとしていたのに。

自分の性癖について、千郷は今まで考えないようにしていた。あえて見ないようにしていた。

女の子とつきあうことはできたのだ。普通に。可愛《かわい》いとも思う。

ただ…、同性の友人たちと、仲間内でバカ騒ぎをしていて、どうしてもある一人の友人に目を惹かれてしまうとか、その言動の一つ一つに胸が苦しくなるとか。あるいはクラブやサークルで、一人の先輩だけ、妙に意識してしまうとか。

『千郷さ…、ちょくちょく俺のこと、熱っぽい目で見てるよな？　俺に気があんの？』

大学時代、そんなふうに笑いながら軽く先輩から言われて、ひどくあせったことがあった。

『ち…、違いますよ！　そりゃ、先輩のことは憧れてますけどっ』

学業が優秀だっただけでなく、軽やかにスポーツや夜遊びもこなしているサークルの先輩だった。その器用さがうらやましく、まぶしく思えた。

『ふーん？　残念だなー。俺、千郷ならイケそうだと思ったんだけどなー』

『何、言ってるんですか。先輩、彼女、いませんでしたか？』

冗談か本気なのか、まったくわからなかった。

千郷は強ばった愛想笑いを浮かべたまま、あくまで冗談として突っぱねた。

それ以来、先輩が誘ってくるようなこともなく、関係も変わらなかったが……その時のやりとりは、千郷の中でいつまでも苦い記憶として残っていた。

気持ちが悪い、と思ったわけではない。何かひどく……後ろめたい。そんな気持ちで。

しかしそんな昔のことをふいに思い出して、ひどくおかしい気がした。頑《かたく》なに認めなかった自分を笑いたくなる。

あまりにもちっぽけで、どうでもいいことに思えた。自分が男が好きだろうが、女が好きだろうが。

人の生死に関わるようなことではないし、それで政治が変わるわけでもない。世の中は勝手にまわっていく。

まわりの自分を見る目が変わることなど、他にいくらでもあった。ほんの些細《ささい》なことで——あるいはそれが正しいか間違っているかさえ、関係なく。

「普通」を守ることに、どれほどの意味もなかった。

必死に今まで自分の守ってきたことには、本当に何の意味もなかったのだ……。

仕事も、築いてきた——と思っていた人間関係も。

「いいよ…。俺が抱けるのか？」

だらしなくベンチに背中を預けながら、千郷は薄笑いで投げやりに返した。

「そっちなんだ？　オッケー」

片方の男が軽い調子で答える。

「どっちか好み、ある？　二人がかりでだったら倍は楽しませてやれるけど？」

「ま、その分、ちょっと多めに小遣いくれるとありがたいんだけどなー。アンタ、社会人だよねえ？」

どうやら小遣い稼ぎをしたい学生なのか。一人の男は片耳にピアスをつけ、確かに千郷よりも少し若く見える。

無造作に財布をポケットから取り出した千郷は、その財布ごと、ベンチの前に放り投げた。

「好きなだけとれよ。俺を楽しませてくれるんならな…」

――全部、忘れられるなら。

忘れられたとしても、現実が変わるわけではない。

だから……先のことを考えていたわけではなかった。何も。

何もかも終わったのだ、と、無意識にそんな思いだったのだろう。

このまま生きている意味もない……。

だからこそ、身体の中にたまった重い、苦い、息苦しい思いを吐き出すことができるのなら、どうなってもよかった。

「うわっ、マジっ？」

「すっげえ、太っ腹っ。金持ちなんだなー、あんた」

若者たちが高い声を上げ、ピアスの男が財布に飛びついた。

が、次の瞬間、「ってえっ！」と悲鳴が薄闇に響く。

なんだ…？　とのっそり顔を上げると、拾おうとつかんだ財布ごと、男の手が闇の中でも黒光りする靴に踏みつけられているのが千郷の目に入った。

「なんだよっ、くそっ！」

男の罵声が夜の公園に響く。

気がつかなかったが、他のベンチやら後ろの茂みやらにもそこそこの人がいたらしく、どこかざわついた空気になる。

千郷が無意識にその足下から伝うように視線を上げると、高級そうなスーツを着崩した男が薄笑いで立っていた。片手にタバコをくゆらせ、もう片方はポケットにつっこんだままの、いかにも気楽な雰囲気で。

四十なかばといったところだろうか。体格のいい、引き締まった体つきの男だ。

「ずいぶん楽しそうなコトしてんじゃねぇか…」

凄《すご》みのある薄笑いを頬《ほお》に張りつかせ、男が低く笑う。

「なっ…、何しやがんだよっ、おっさん！　——ヒィィッ…、つっ…あぁぁっ！」

形相を変え、噛《か》みつくようにわめいたが、さらにぐりぐりと手を踏みにじられたようで、ピアスの男がたまらず地面に肘《ひじ》をつけてのたうつ。

「は…離せっ！　足どけろって！　クソっ！」

「おいっ、何やってんだよ、あんた…！　オヤジに用はねぇってっ。ケガしないうちにさっさとうせろっ！」

痛みに声を上げる仲間に、もう一人の男がいらだったように叫び、力ずく——のつもりだったのだろう。邪魔者の襟首《えりくび》につかみかかろうと腕を伸ばす。

しかしその身体がいきなり宙に吹っ飛んだかと思うと、地面に転がった。

どうやら男の後ろには別の人間がいて——ダークスーツで見えにくかったが——あっさりと殴り飛ばしたらしい。

「消えろ、クソガキが」

そして無造作に一言、吐き捨てる。

顔はよくわからなかったが、最初の男よりはずっと若い声だ。

「なっ、きさま…！　何す…——ぐはぁ…っ！」

ようやく踏まれていた手が自由になったようで、若者がよろけながら立ち上がろうとした——その腹に「オヤジ」の膝《ひざ》が無造作にめりこみ、若者はそのまま腹を抱えこむようにして地面に両膝をついた。

タバコをひとふかししてから、男は気だるげにふたまわりほども若い男の前にしゃがみこむ。

「消えろとさ。コイツは怒らせたら恐いおにーさんなんだぜぇ？」

なかばからかうような口調で言って、何気ない動作で男がタバコを地面に——いや、若者の手の甲に押しつけたようだ。

ジッ…、とかすかに何かが焼けるような音がする。と同時に、ギャ——ッ！　と押し潰したような悲鳴がほとばしった。

かまわず立ち上がった男の背中で、後ろの連れらしい男が、ふん、と鼻を鳴らす。

「あなたの方が怒らせたら恐いオヤジさんなんでしょーが」

「心外だなァ…、俺はいつだって優しいぜ？」

どこかとぼけたようなやりとり。

「て…めぇ…っ！　なんなんだよっ！」

頭に血を上らせてもう一人の若者がわめいたが、さすがにたじろいだように身体は半分逃げかけている。

「うせろというのが聞こえないのか？　おまえら、誰に断ってここで商売してる？」

めんどくさそうに、連れの方が声を投げる。

「……えっ？」

そんなもの言いに、若者たちはようやく自分たちが誰にケンカを売ったのか気がついたようだ。

と、そこに公園の入り口の方で車のドアが閉まるような音がして、さらにバラバラっと二、三人が走りよってくる気配がした。

「オヤジさん、どうかしましたか?」

落ち着いた渋い声がかかり、ヒッ…! と二人はそろって喉の奥で小さな悲鳴を上げる。

ヤバイっ、と、あせった声と、すいませんっ、と泣きそうな声が重なるように飛び出し、あとも見ずに二人は反対方向へ逃げ出していた。

「捕まえますか?」

状況がわからなかったのだろう。あとから来た男が「オヤジさん」に尋ねるが、あっさりと手がふられる。

「いや。いい、いい」

千郷はベンチにすわったまま、そんな目の前で繰り広げられた騒ぎをただぼんやりと眺めていた。

こんなあからさまな暴力沙汰を、こんなふうに間近に見たことはなかった。今までなら、こんなことが目の前で起きればすぐに逃げたか、知らないふりで目を逸《そ》らしたか。いずれにしても、自分とは無縁の世界だ。

だが今は…、さらに非日常的な、想像もしていなかったことが、現実に自分の身に起きていたのだ。

何もかもに現実味がない。悪い夢の中に迷いこんでいるみたいだった。

夢――ならよかったのだろう。

まだそんな思いにすがろうとしている自分を、千郷はどこか他人事《ひとごと》に感じ、そして小刻みに身体を震わせて……吐息だけで笑ってしまっていた。

そんな千郷を、いくぶんうさん臭そうに男たちが眺めている。

「にぃさん。あんた、えらくヤケになってるみたいじゃないか」

オヤジさんと呼ばれた男がだらりとした様子で近づいてくると、断りもなくどかっと隣に腰を下ろす。

いつから見られていたのか…、ふらふらといかにも危なっかしく見えたのだろう。

「ヤクザの組長さん……なんですね」

つぶやくように千郷は言った。

「おうよ。恐いか?」

片腕をベンチの背もたれに引っかけながら楽しげに聞かれ、しかし不思議なことに、恐怖は感じなかった。

心が麻痺していたのだろう。

どうでもいい。どうなってもいい…。そんな思いで。

「おまえ、男が好きなのか？」

真正面から聞かれ、一瞬たじろいだが、千郷はそっと息を吐いてうなずいた。

「ええ…、多分、そうなんでしょうね」

「ふーん…、やっぱり初めてか。でなきゃ、おまえみたいなのがあんなクソガキどもを相手にしなくてもなぁ…」

男が顎を撫でる。

その間、連れの男も、あとから来た連中も、文句一つ言わずじっと直立不動のまま、話が終わるのを待っているようだった。

……まあ、千郷の方に話があるわけではなかったから、財布に用があるのならそのまま持っていってもらってよかったけれど。

「じゃあ、おまえのお初の相手、俺でどうだ？」

顔をのぞきこむようにしてにやっと笑った男を、千郷は瞬きもせずに見つめてしまった。

言われた意味が、一瞬、理解できなかった。

「あいつらよりよくしてやれる自信はあるぜ？　年の功ってのかね…、経験も豊富だし、テクも一流だしな。アレだってあんなガキどものふにゃチンたー違う。でかいし、硬《かて》ぇし、二人分くらいは俺一人でたっぷり楽しませてやるよ」

「オヤジさん」

どこかあきれたように口を挟んだ連れの男を、オヤジがギロリとにらみつける。

「なんだぁ、半次？　なんか言いてぇことがあんのか？　あぁ？　てめぇは俺のモンにケチつける気か？」

「や…、それはないですけど」

ふんぞり返って足を組み、いかにも脅すような口調で言い放った男に、半次と呼ばれた連れが困ったようにガリガリとうなじのあたりをかく。そしていかにもな様子で、ハァ…、とため息をついてみせた。

「——な、どうだ？」

自信たっぷりに言って、どこかガキ大将みたいな開けっぴろげな笑みを見せた男の顔を呆然《ぼうぜん》と見つめ……千郷はちょっと笑ってしまった。

この男の、本当にわくわくと好奇心いっぱいの雰囲気とか、舎弟とのやりとりとか。妙に楽しく、くすぐったいような気がした。

初めて——まともに笑ったのだろう。あの事件が起きて以来。

「楽しませてくれるんでしたら、あなたの好きにしてもらっていいですよ」

何も考えず、そんなふうに千郷は答えていた。

「よしっ！」

満足そうに、パン、と大きく手を打って男が立ち上がった。

「どっかホテル……、あー、マンションの部屋、空いてたっけか？」

「はい。使えますよ」

誰にともなく聞いた男に、あとから来たひときわ体格のいい男が静かに答えた。

「行くぞ。準備しとけ」

その言葉に、言われた男がさらに後ろを向いて配下らしい男に顎で指示する。バタバタっと二人ほどがものすごい勢いで走っていった。

「おまえ、名前は？」

ふり返って聞かれ、千郷はわずかに躊躇《ちゅうちょ》した。

ヤクザに個人情報を…、と思う。しかし職場もなく、今さら知られてむしりとられるものもない。

「蜂栖賀…、千郷です」

「千郷、な。俺は鳴神壮一《そういち》だ」

名乗られて、千郷は、はい、とうなずいただけだった。

名乗ったオヤジはともかく、後ろの連中——舎弟なのだろう——は、なんらかのリアクションを期待していたようだが、あまりの素っ気なさに少しムッとしたような空気を感じる。

驚いてほしかったのかもしれないが……、しかし千郷にヤクザの知り合いなどおらず、大きな組の組長にしてもまともに名前など覚えているはずもない。その組がどのくらいの規模なのかもわからない。

「オヤジさん…、酔狂が過ぎますよ。頭もなんとか言ってくださいよ」

半次とかいう男がうめくように忠告したが、鳴神は「うるせぇよ、バカ」と、言い返しただけだった。

「遊ぶんなら、もっと他に面倒がなさそうなのがいるでしょう?」

「てめぇにはまだ人を見る目がねぇんだよ、半次」

鳴神がにやっと笑ってあっさりと言い放つと、まっすぐに千郷を見つめてきた。

「来いよ、千郷。おまえの人生、俺が変えてやるから」

一点の揺るぎもない、自信に満ちた言葉に、ドクッ…、と身体の奥で何かが動いた。

千郷、と名前を呼んだその声。楽しそうに笑った男の目に、表情に惹きつけられる。

もう捨てたはずの人生だった。何も残ってはいなかった。

……何かが変わるのだろうか?

そんなはずはない。そう…、おそらくは利用されるだけだ。なにしろ、この男はヤクザなのだ。

理性ではわかっていたが、ほんの少し、何かを期待してしまいそうになる。

しかしたとえ利用されたとしても、今の自分にこれ以上、失うものはなかった。

金が欲しければ、奪えばいい。身体をもてあそびたければ――そんな価値があれば、好きにしていい。

どこかへ連れこまれて殴る蹴るの暴行でも受ければ、少しはその痛みで――忘れられるかもしれない。

深くえぐられた心の傷が。

千郷は連中の車に乗せられ、ほんの十分足らずで、鳴神の言っていたマンションに着いたようだ。

十階建てくらいだろうか。繁華街の一角の、一見、オフィスビルのようにも見える。どうやら最上階のフロアが居住スペースになっているようだった。ワンフロアぶち抜きで、かなり広めの3ＬＤＫくらいは余裕でありそうだ。しかしムダなものがない、モデルルームのように整った部屋だった。

もっともそんなことを冷静に考えていたわけではない。リビングや何かをろくに見ることもなく、千郷は「風呂入ってこいよ」と顎で指され、言われた通りにした。

本当に現実感がなかった。今、自分の身に起こっていることも、自分のしていることも。これからすることも。

舎弟の手配か、風呂はすでに沸かされていて、用意されていたバスローブを羽織ってもどると、ダイニングのカウンターでウィスキーのグラスを傾けていた男に、そのまま寝室へ連れこまれる。

明るい場所でようやくまともに見た鳴神は、無精ヒゲのような短いヒゲを伸ばした、やはりヤクザのトップだけあって風格のある男だった。言葉にも態度にも、常に余裕を感じさせる。

ベッドの端にすわらせた千郷の前で、おもむろに緩んでいたネクタイを抜き取り、ベルトを外して、スーツを脱いでいく。

さらに黒のシャツを脱ぎ捨てながら、ふと気がついたように戸口をふり返った。

「おいおい…、半次。おまえ、ずっとそこで見てるつもりか？」

その言葉でようやく、千郷もその男の存在に気づく。

さっき組長の前でサッと寝室のドアを開けた男が、外へ出て行くことなく、閉じたドアの手前に立っていたのだ。

ちらっと鳴神の肩越しに、千郷も男を見た。

こちらも明るい中であらためて眺めると、まだ若く、千郷と同じくらいだろうか。

その千郷の目をまっすぐにらむように見つめたまま、彼が言った。

「素性も何もわからない相手ですよ？　危険です」

ぴしゃりと言われ、鳴神が肩をすくめて千郷に苦笑してみせる。

「無粋なのがいるが気にすんな」

つまりやっている間中、ずっと彼が見ている、ということらしい。

もちろん今までにそんなプレイの経験などなく、ふだんの感覚ならとても考えられないことだったが、千郷は小さく笑った。

「いいですよ。でも俺、何もできませんけど。初めてですし」

眼鏡を外し、サイドテーブルにのせながら淡々と答える。

「かまわないさ。冷凍マグロみたいに転がってろ。もっともゆっくり解凍して、おいしくいただくけどな」

そんな言い草に思わず、くすっと喉を鳴らしてしまう。オヤジくさい、と思うのに、妙に……楽な気持ちになる。

飾るような相手じゃない。自分を守る必要もない。笑われても、恥ずかしくても、結局、それだけのことに過ぎない。

「なんにも考えるな。カラダだけで俺を感じてろ」

そう言うと、男は千郷のバスローブに手をかけた——。


男は初めてだった。

多分、初めての相手としてはかなりよかったのだろう。豪語した通り男は上手く、同性相手でも手慣れているようだった。

なにしろ自分勝手な極道だ。好き放題、力任せにつっこまれるだけかと思っていたが、信じられないくらい優しく扱われた。

気が狂うほどの長い前戯で身体も理性もどろどろに溶かされ、もう許してっ、と無意識に口走るくらいあえがされて、何もわからないまま、あっという間に千郷は熱い波に呑《の》まれていた。

『千郷…、ほら、いい子だから顔上げな。俺にキスしてみろよ』

何度も何度も、あやすみたいに名前を呼ばれながら執拗《しつよう》な口づけが与えられて。舌と指とで、全身が暴かれた。千郷が今まで知らなかった感覚まですべて、身体の奥から引きずり出されたようだった。快感も、苦痛も、陶酔も。

溺《おぼ》れるような快楽に身を預け、そして容赦なく身体の奥をえぐった痛みを受け入れる。やがてそれは疼《うず》くような甘い熱に変わり、麻薬のように身体に沁みわたり、もっともっと、際限なく欲しくなる。

龍が躍る男の背中に夢中でしがみつき、理性も羞恥《しゅうち》も――これまでの常識も、すべてが消し飛んでしまう。

すべてを手放した浮遊感の中で男の重みを実感し、抱きしめられる汗ばんだ肌の感触を受け入れた。

そして——自分を見つめる熱っぽい眼差しに気づく。

自分を抱いている男のものだけではない。もう一人の男の視線も、だ。

シーツの上で獣みたいに絡み合う自分たちを、じっとなめるように見つめる目。

荒い息継ぎの合間、鳴神の肩越しに、何度もその男と目が合った。

朦朧《もうろう》とする意識の中で、始めは見られているということ自体、まともな意味にとらえられなかったが、それでもだんだんとその視線に快感を覚える自分に気づいた。

自分を、見ている——。

信頼していた友人に、まるで邪魔な空き缶みたいに蹴り飛ばされたつまらない人間を、これほど熱く見てくれる男がいる。

ほとんど男に見せつけるみたいに、聞かせるみたいにして、途中から千郷は無意識のまま、媚《こ》びるように身体をくねらせ、腰を振り、淫《みだ》らな声を上げ続けていた。

そしていつの間にか——意識を失うみたいにして眠っていたらしい。

目が覚めて、ぼんやりと馴染みのない天井を見上げ、そしてわずかに身動きした拍子に触れた他人の肌に、ハッと身体を強ばらせる。

「……よう、起きたか、千郷」

馴れ馴れしい低い声が耳元でしたかと思うと、太い腕に背中から引きよせられ、あっ、とうろたえてしまった。

一瞬、自分がどこにいるのか、この男が誰なのか、状況がわからなかったが、……それでもすぐに、ゆうべのことが記憶によみがえってくる。

拾われたこととか、男と寝たこととか。――そして、それ以前のことも。

夢ではなかったのだ……。

大きなため息がこぼれた。けだるさとともに、ぼんやりとした感覚が抜けない。

体中から、何もかもが抜けきっていた。怒りや、憤りや、痛みや、羞恥や…、そんな感情がすべて。

ふっと思い出して視線をめぐらせたが、見張るようについていたもう一人の男の姿は、さすがになかった。

「何時…、ですか？」

千郷の肩にざらざらとした顎をすりよせるようにしてから、のっそりと身体を起こした鳴神に、千郷は無意識に尋ねてしまう。

「九時半だ。……なんだ、仕事か？」

だるそうに聞かれ、千郷は首をふった。

仕事は――ない。

と、コンコン、とノックの音がして、がちゃっとドアが開く。

無意識に視線を向けると、ゆうべの男だった。半次とかいう。眼鏡を外していたので少しぼんやりとしていたが、小さなトレイにマグカップを一つ、のせているのがわかる。

ちらっと千郷に刺すような視線を向けたが何も言わず、そのままベッドの脇のサイドテーブルにカップをおいた。コーヒーのようだ。こげたような香りが鼻をくすぐる。

鳴神が頼んでいたのだろうか。軽くうなずくように顎を引いてカップをとると、一口だけ口をつける。

「飲むか？」

そしてカップを差し出すようにして聞かれ、千郷は少しためらってからうなずいた。

「すみません」

さすがに使ったことのない筋肉を一晩中使ってギシギシと軋む重い身体を起こし、カップを手にとる。

妙に懐かしいような気がした。コーヒーの味がわかることが不思議な気分だ。仕事をしながら四六時中コーヒーを飲んでいたことが、遥か昔のことのようだった。

ほんの…、数日前までは、それがあたりまえの日常だったのに。

今の時間なら、オフィスの自分の席で一日の始まりにメールチェックをしていた頃だ。

「おい、タバコ」

鳴神があくび混じりに一言口にすると、立っていた男が素早くサイドテーブルのタバコの箱を、一本だけ頭を出した状態で差し出す。それが引き抜かれると、すかさずカチリ、とくわえたタバコの先でライターがつけられた。

流れるような一連の動きを、さすがだな…、と、千郷は感心するような気持ちでぼんやりと眺めてしまう。

ドラマの中でしか見たことのないような光景。

そんな千郷に男がちらっと視線をよこし、千郷はカップを手にしたまま、何気なくシーツを腰のあたりまで引き上げた。もぞもぞと身体を動かし、無意識に横の壁に肩を預ける。

「ケツが痛いか？」

タバコの煙を吐き出してから、鳴神がちらっと笑うように尋ねてきた。

「……ええ」

まともに聞かれて、さすがにちょっと気恥ずかしい気はしたが、千郷は素直に答えた。

この男に言い繕ったところで意味はない。

「気持ちもよかったろ？」

にやっと、どこか自慢そうな問い。

「はい…」

それも否定できない事実だ。

「まだ生きてるってことさ」

タバコの煙とともにさらりと言われて、千郷は一瞬、息を呑んだ。

「死にそうな顔をしてましたか…？」

そっと尋ねる。

「死ぬ気力もないような顔をしてたな。……あー、そうだな。誰かに殺されるのを待ってるような」

あっさりと言われ、ドキリとしてしまった。

そうだったのかもしれない。きっと自分で死ぬ勇気もなくて。あるいは社会で生きる気力をなくし、ホームレスになっていた可能性もある。

「若いわりに身なりもいいし、頭のよさそうなツラしてるし。俺たちみたいに社会に爪弾《つまはじ》きにされてる身と違って、まっとうな暮らしをしてんだろうに」

「そんな上等なものじゃない…。マヌケな男ですよ。友人に…、友人だと思っていた男にあっさりと騙されるようなね」

「どうした？　借金の連帯保証人にでもなったか？」

つぶやくように言った千郷に、うん？　と鳴神がわずかに眉《まゆ》をよせる。

千郷は首をふった。

「同僚にハメられたみたいで…、職場を追われたんです」

「どこの職場だ？」

何気なく聞かれて、一瞬ためらったが、千郷は答えた。

「財務省です」

その答えに、鳴神がヒュー、と口笛を吹く。

「キャリアか？　超エリートだったわけだ」

さすがにちょっと目を見張って、つぶやくように言った。そして他人事につけ加える。

「ま、出世争いの大変そうなところだけどな」

そんな言葉に千郷は薄く笑った。

渦中にいるのでなければ、その「大変さ」はわからない。民間とは違う、一種独特なものがある。

「死ぬ気ならなんでもできるさ。千郷、ここまで堕ちてこいよ」

まるで今日の天気でも言うようなさらりとした口調に、一瞬、何を言われたのかわからなかった。

「……え？」

数秒遅れて、千郷は聞き返してしまった。

「俺のとこに来いって言ってんの。おまえの面倒は見てやるからさ。……身体の方もきっちり、な」

にやり、と鳴神が笑う。

その自信たっぷりで不遜《ふそん》な顔を呆然としばらく眺め、さすがに口ごもり、わずかに視線を外して千郷は小さなため息をついた。

「もう…、誰かを信用するのは疲れたんです。裏切られるだけですからね」

「俺はおまえを裏切らねぇよ」

それにあっさりと男が言う。

「ヤクザのくせに？」

さらりと千郷は、皮肉な調子で聞き返していた。

自分でも恐いもの知らずだと思う。が、この時はそんな恐さは感じなかった。

「……口の利き方に気をつけろよ」

ムッとしたように、険しい目で半次がにらんでくる。

「ヤクザだからさ」

しかしクックッ…、と喉を鳴らして鳴神が言った。

「ま、おまえがヤクザを信じる必要はないさ。俺だけ信じてりゃいい」

気負いもなく言われた言葉に、千郷は知らず息を呑む。目を二、三度瞬いた。

「楽だろ？　他の人間が何を言おうが関係ない。俺の言うことだけ信じてろ」

それこそ、ヤクザの言うことだ。もちろん信じられるはずはない。

いいように使われて、利用されて、用がなくなればゴミみたいに捨てられるだけだ。

……わかっているのに。

まっすぐな、迷いのない目に惹きつけられる。

他人の人生を背負うことを苦にもしない、その自信と余裕。

そして千郷の口から出たのは、「はい」という一言だった。

それもいいか…、と思ってしまった。どうせならとことんまで、社会の最下層まで堕ちてみるのもいい。

どうせ捨てるモノなら、賭けてみてもいいだろう。

自分の人生を、この男に。

よしよし…、と満足そうに鳴神がうなずき、大きな手で千郷の髪をガシガシと撫で、手の甲でこするみたいに頬を撫でる。その感触が、妙にくすぐったいみたいにうれしい。

「おまえ、いくつだ?」

「二十四です」

「二十四か…。じゃあ半次、おまえタメだろ？　面倒見てやれ」

タバコをふかしながら、クッと首を曲げてベッド脇に立っている男を見上げ、無造作に鳴神が言った。

「俺がですか?」

額に似合わない皺《しわ》をよせて、いかにも不服そうに男がうめく。

「おまえがだよ。もっとも千郷は賢そうだからなー。すぐにおまえのシノギを越えるかもしれねぇがな」

「冗談じゃないっすよ。こんなド素人《しろうと》に」

にやにやと嫌がらせのように言った組長に、むっつりと男が吐き出す。

真砂半次郎――。

それがその男の名前だった。半次、と鳴神には呼ばれていたが。

ぶつぶつと文句を言っていたが、しかし組長《オヤジ》の命令は絶対で、しぶしぶと真砂は千郷の「教育係」をやることになったようだ。

「俺は誰かに何かを教えるようなことは性に合わねーんだよ。勝手に見てろ」

ぶっきらぼうにそう言った真砂について、千郷は一から「ヤクザの世界」を勉強することになった。

ふっと我に返るみたいに、逃げることを――逃げた方がいいんじゃないのか、と考えなかったわけではない。

だが他のどこへも行く場所はなかった。いや、行きたいと思うような場所がなかったのだろう。

故郷の家族のもとへ帰ることは考えられなかった。

千郷の父は市役所の職員であり、母は専業主婦である。専業主婦にならざるを得なかった、と言うべきだろうか。

千郷には二つ上の兄がいたのだが、小学校に入る前に大病をし、母は兄につきっきりになっていた。それでも数年で完治して、小学校の途中から普通の生活にもどっていたのだが、心配した母は退院以降も何かと世話を焼いていた。好き放題に甘やかされた兄は家の中では暴君であり、「病気」を理由に学校も休みがちだった。

そんな兄のために、母はさらに献身的に尽くした。食事の上げ下げから日常のすべての面倒を見て、ちょっと体調を崩すとすぐに兄を病院に連れて行き、たいしたことはないというその病院の診断が気に入らないと医者を変えることをくり返して。

母にはミュンヒハウゼン症候群——いや、代理ミュンヒハウゼン症候群の気があるのではないかと、大人になってから千郷は考えるようになっていた。要するに、ほら吹き病だ。

『まあ、ご自分の楽しみも捨ててあんなに一生懸命息子さんの看病をなさって、お母様は大変ね』

『本当に偉いわ。誰にでもできることではないもの』

そんなまわりの賞賛を受けるために、兄を病気にしておきたかったのではないかと。

父や千郷がそれを指摘しようものなら、母はヒステリックになって泣き叫んだ。

『私が面倒を見なかったら、あの子は生きていけないのよ!』

それが母の決まり文句だった。

そしていつしか父は家に金を入れるだけで、家庭の中の出来事に見てみないふりをするようになった。

そんな中、千郷は両親にほったらかしにされ、ほんの小さい頃は近所に住む祖父母に預けられていた。祖父母は千郷を不憫《ふびん》に思っていたらしく、可愛がってくれたのだが、二人が亡くなってからも両親が千郷にかまってくれることはなかった。

『お兄ちゃんが病気で大変なの。わかるでしょう？　我慢してね』

愛情が欲しい時でも母はそう言うだけで、手を差し伸べてくれることはなかった。兄が千郷のオモチャや学用品を勝手に使って、それを返してもらうように言っただけでも、叱られるのは常に千郷だった。

結局、千郷は勉強をするしかなかったのだ。成績がよければ、とりあえず両親は褒《ほ》めてくれるし、笑ってくれる。

それでも、両親の愛情が自分に向けられることはなかった。

中学を卒業するくらいになると、千郷は彼らにはもう何も期待しなくなった。黙々と勉強を続け、淡々と東京で進学して一人暮らしを始めた。家族と離れて、ようやく解放された思いだった。

そして卒業後、キャリアとして財務省に入省した息子を、父は喜んだり、誇らしく思ったりするよりも、むしろ疎《うと》ましく感じていたらしい。遥か雲の上の高級官僚となった自分の息子が、内心では自分をバカにしているのだという妄想を持ったようだ。自分が何もしてやらなかった、という負い目もあったのかもしれない。

千郷は在学中に帰省することはほとんどなく、就職してからも同じだった。

そんな場所へ、今さらもどるつもりなどない。

どうせ、どこへ行っても同じなのだ……。

家族のもとにも、友達のもとにも、自分の居場所など初めからなかった。

はっきりとそれを、思い知らされたのだ。

どうせこの先、誰も信じられずに一人で生きていくことになるのなら、とことんまで汚い世界で生きていくのもいい。毎日、ギリギリのところで命を賭けるような世界で。

腹をくくったというよりは、開き直ったということだろう。

あるいは、このまま流されてみるか…、という自堕落な気持ち。

確かに楽だった。他の誰も信じる必要はない。鳴神だけ、信じていればいい。

そう決めてしまうと。

裏切られたら、その時はすべてが終わるだけだ。

それになにより——鳴神という男の側で、この男の生き方を見ているのはおもしろかった。

おもしろいと、まだ自分が思えることがあるのだと、それが意外だった。それだけ魅力的な男だった。

そして真砂の下で、千郷の新しい生活が始まった。

今まで経験したこともないようなつまらない使い走りをやらされ、本家や事務所の掃除から、便所掃除をやらされ、ただ理不尽に怒鳴られて終わるような毎日で。

今までならプライドが許さないはずだったが、不思議といらだつこともなく、淡々と言われるままに、千郷は自分の仕事をこなしていった。

本当に一度、死んだからかもしれない。鳴神の腕の中で。

ただ実際のところ、他の「先輩」から殴る蹴るの制裁を受けたことはなく、下っ端の千郷に何かを命じる時も、微妙に丁寧で及び腰だったのは、やはり千郷が組長の「お気に入り」だったからだろう。

端的に言えば、「女」で「情人」だった、ということだ。

鳴神が千郷の扱いについて口を挟んだことはなかったが、やはり微妙な立場だったらしい。

ただそれは決していい意味ではなく、他の舎弟たちに言いたいことはいろいろとあっただろう。

千郷にしても、おとなしく言われたことには従っていたが、決してヘコヘコと頭を下げるようなことはなく、不遜で可愛げのない、扱いづらい舎弟だったはずだ。

誰にも愛想を振りまくようなことはなく、媚びを売ることもなく。泣いたり、笑ったり、表情を変えることすらなく。

ただ淡々と言われた仕事をこなし、時に先を読んで処理するようなこともあったが、それが相手にとってはバカにされたようで、腹立たしく思えたようだ。

千郷が感情を見せるのは、鳴神の前でだけだった。

身体も心も真っ裸に剥《む》かれて、何も隠す必要はなかったから。いやらしい身体も、あえぎ声も。悦《よろこ》びにむせぶ声も。

何も考えず、ただ無防備に甘えていられた。

そんな千郷が他の組員たちによく思われるはずもない。

組長に腰を振ってでかいツラしてる雌犬――くらいのことは、かなり大きな陰口として聞こえていた。嫌がらせで、千郷が掃除をしたばかりの場所に生ゴミがぶちまけられていたこともある。

しかしさして気にはならなかった。

そうされるだけの理由には納得していたし、鳴神だけ、信じていればいい。そう決めていたから。

おそらく他の舎弟たちの口からは、千郷に対するいろんな不満やら失敗やらがあげつらわれて耳に入っているはずだったが、鳴神は何も言わなかった。

そんな組員たちにしても、影に潜んで陰湿にことを運ぶ前の職場に比べれば、直接的な分、可愛い気もしたし、少なくとも連中は、表向き親しげに、にこにことすりよってくることはない。好き嫌いははっきりと顔に出してくれるし、自分のしたことを他のせいにもしない。

子供レベルと言えるが、いろんな嫌がらせやわかりやすい嫌味もいっそすがすがしく、千郷としては楽に受け流せるくらいだった。

実際、ガンガンと頭から怒鳴りつけ、容赦なくものを投げ、時に襟首や髪をつかんで壁にぶち当ててきたのは真砂くらいだっただろう。

「取り立てが甘いんだよ、おまえはっ！　クソボケっ！」

くらいは日常茶飯事に言われていた。

眼鏡も二度壊されて、いつか弁償させてやろうと思っている。

それでも、鳴神組の幹部クラスに総スカンを食らった時はさすがに少し、精神的にくるものがあった。同じ部屋にいても、まるでいない人間として無視されるのだ。

千郷が鳴神組に来て、半年ほどたった頃だろうか。ようやく少し、真砂からまともな仕事をやらせてもらえるようになり、その報告会のような集まりだった。

そんな時でも教育係の真砂が千郷をかばってくれるようなことは一切なく、ただ無造作に言っただけだった。

「這い上がれよ。おまえの実力で黙らせろ。連中を認めさせることができなけりゃ、おまえの居場所はうちにはないからな」

実力で認めさせる。きっちり目に見える形で。

結局、この世界ではそれしかないのだ。

そして一年がたった頃には、千郷は真砂の下で仕事の流れを理解し、経理のほぼ全般を把握し、さらに自分の考えた新しいシノギの案を渡していた。たらい回しにされるように、シノギのいろんな現場を見て、体験もしたが、やはり自分に直接的に取り立てるような仕事は向いていない。

しかし金が稼げる仕事であればなんでもいいのだ、とわかった。「ヤクザ」のブランドを使えば、どんな仕事がやりやすいかのリサーチにもなった。

……おそらく鳴神も、そして真砂も、始めからそのあたりは計算していたのかもしれないが。

鳴神との関係も続いていた。

身体の面倒も見てやる、と言った言葉の通り、時々、千郷は組長から呼び出されて、あのマンションへ通っていた。多くても週に一、二度くらいだったが。

鳴神に他に「姐さん」がいるかどうかは知らなかったが——多分、いたのだろう——正妻は数年前に亡くなっているようだった。しかし子供が二人いたせいか、本家で千郷を抱くことはなく、情事はいつもあのマンションだった。

「溺れるよなァ…、おまえのカラダ」

大きなベッドに転がって全裸の千郷を下から満足そうに見上げ、手のひらで確かめるように千郷の肌を撫でながら、鳴神がため息をつくように言っていた。

「俺の方が溺れてますよ」

それに微笑《ほほえ》んで、千郷は返した。馴染んだ身体をすりよせ、男の首に両腕をまわして、しがみついて。

あえて媚びを売るつもりはなかったし、組の中で自分の受けている嫌がらせや何かをわざわざ言いつけることもなかった。わかってはいたのだろうが、鳴神も特に口にはしなかった。仕事の話もしない。

だからこの部屋にいる時は、組は関係なく、ただ抱かれるだけだった。普通の、恋人みたいに。

幸せだった。

温かな体温に、大きな腕に抱かれる、この時間が一番。……多分、人生で一番。

初めて安らぎを得たような気がした。初めて、誰かに愛してもらったように思えた。

「……いいんですか？　あんまり…、目立つといいことはないでしょう？」

それでも、そんなふうに尋ねたこともあった。

組の中でも、対外的にも、だ。

男相手に、好奇心に任せたほんのいっときの遊びなら問題はなかっただろう。

それでももう一年、関係は続いていた。外聞が悪いと側近の連中が何度か忠告したようだったが、鳴神はまったく気にとめていないようだった。

自分がとやかく言われることはかまわなかったが、鳴神が面倒になるのはつらい。

「俺がおまえを抱きたくて抱いてるだけだ。文句を言われることじゃねぇな」

しかし男はあっさりとそう言い放った。

ただシンプルな、そんな言葉が沁みるようにうれしかった。

「俺の自慢の男になれよ」

そう言って、鳴神は千郷の尻をたたいた。そして、「やってみろ」と。

え？　と首をかしげた千郷に、鳴神はにやりと笑った。

「半次にいくつか企画書を出してたろ？　おまえが自分でやってみろ。ああいうのは半次向きの仕事じゃねぇしな。何人かつけてやる」

大きく目を見張って言葉もなかった千郷に、さらりと鳴神はつけ加えた。

「ただし、そうなるとおまえが一つの組を背負う立場になる。失敗も損失も、全部おまえがかぶるんだ」

静かに言われた言葉に、ビクッ…と身体が震えた。

自分のこの先の人生、あるいは命を賭けることになるのだ、とわかる。

しかしまっすぐに、ぶれることなく向けられた眼差しに——その信頼に、千鄕はうなずいた。

「わかりました」

そして千鄕は、鳴神と正式に盃《さかずき》を交わした。ヤクザになった、ということに、さして感慨はなかった。

一年前を思うと、笑ってしまうくらい意外な転身だったが。

鳴神が金を出し、千鄕が始めたいくつかの会社は順調に利益を上げていった。

例えば、最初の店はＤＰＥショップを表向きの看板にした、写真の現像や加工の店だった。実際は撮影より、メインはその「加工」だったが。

ホストやホステス、キャバ嬢や風俗嬢が顧客で、彼らの写真を撮《と》り、それに加工——つまり修正を加えるのである。グラビアアイドルが雑誌に載る時に染みや皺を消すみたいなことから、さらにくびれをくわえたり、目や胸を大きくしたり。

実物から何割増し——時に別人と言えるくらい——の写真を店の看板にしたり、プロフィール写真、あるいはカタログに載せるのである。デリヘル嬢などは客がカタログ写真を見て指名するわけで、その効果は絶大だった。……ドアを開けた時に立っていた女がイメージとは微妙に違っていたとしても、それでチェンジを要求する客は少ない。

最初の頃は真砂のやっている店の娘を客にし、そこから口コミで水商売の男女に広がっていったのだが、最近では、噂《うわさ》を聞きつけたカタギのお嬢さん方が、就職活動用の写真を撮りにくるくらいである。

この仕事はPCソフトを使った加工の技術とセンスにすべてがあると言っていいが、千郷は引きこもりの男をスカウトして仕事につかせた。

その男は「オタク」と言われるような趣味を全開にしてできる仕事に喜び、その家族は家を出られた子供に喜び、千郷も儲《もう》かれば喜ぶ。違法でもなく、世のため人のための仕事と言える。……まあ、うっすらと騙される客には気の毒だが。

そんなところからスタートして、千郷はエロゲーの制作会社や、リサーチ会社などを順調に増やしていった。

もちろん自分が反社会的な組織の人間だということは自覚しており、裏ではそこそこ、危ない橋も渡っていた。手広く集めた情報を使った恐喝や強要。クロ詐欺。とはいえ、用心深く相手も表沙汰にできない状況を見極めて、だったが。

着実にシノギを上げていく中で、徐々に鳴神組の中での千郷の存在感も大きくなり、組長の目は確かだったな、と幹部たちに言わせることができたのが、千郷にとってはなによりもうれしかった。

もともと真砂とは同い年だったこともあって、おたがいに一歩も譲れない気持ちで張り合ったことで、数年がたつうちに双方がさらに大きなシノギを上げるようになっていた。

千郷の仕事ぶりには、鳴神も満足しているようだった。

「あんまりいそがしすぎて、俺をほっとくなよ？」

そんな軽口をたたくくらいに。

「いつでもオヤジさんが最優先ですよ」

他の誰に向けることもない微笑みを浮かべて、千郷は素直に返したものだった。

だが二年と少し前、鳴神に膵臓癌《すいぞうがん》の告知がされた。発見が遅く、すでに余命はひと月ほどだった。

家族や幹部とともに、千郷も最期を看取った。

「泣くなよ」

と、手を握って笑ったのが、千郷にくれた最後の言葉だった。

その言いつけだけを、千郷は守れなかった。

いつの間にか、逢い引きに使っていたマンションはビルごと千郷の名義に書き換えられていて、葬儀のあと、一人になったベッドで丸一日、こもって泣いた。

だが、その時だけだった。

実際に泣いているヒマなどなく、カリスマ的な組長を失った鳴神組はまわりからおいしい獲物として狙《ねら》われていたのだ。隙を見せると一気に食らいついてくる。

それぞれがそれぞれの持ち場をきっちりと守らなければ、鳴神組のシマはシロアリにやられたみたいにボロボロになってしまう。

まだ若くてとてもまとめきれないだろう、と息子の一生が跡目を継ぐのに難色を示す系列の組長たちを向こうに、真砂は力で、千郷の方は巧妙な根回しでもって、なんとかしのぎきった。

三回忌は、その一つの目安でもあった。

組にとっても——そして、千郷にとっても。

◇　　◇

読経が終わり、それぞれに焼香をすませると、きっちりと整えられた御斎《おとき》の場へと参列者が案内された。

型通りに「四方同席」の紙が貼られた和室をいくつかぶち抜き、遠近法を実感するほど長く平行に並んだテーブルのそれぞれの席に、黒塗りの重箱に収められた豪華な懐石弁当が並べられている。

施主である一生がそつなく本日の礼を述べると、一応は無礼講という形の宴席となった。

別に酒とつまみになるような料理も用意されていたが、さすがに法事の場なのできれいどころというわけにはいかず、組の中でも幹部クラスの者が酌をしてまわっている。

弟の後ろで控えるようにしていた恵も、この席では積極的に酒をつぎながら挨拶《あいさつ》にまわってくれているのはありがたい。客あしらいというか、オヤジあしらいというのか、さすがにヤクザの中で育っただけあって、受け答えやかわし方も堂に入っている。

そして千郷や真砂も、礼を尽くして、各組長さん方に挨拶にまわっていた。

もちろんその中には友好的なやりとりができる場合もあれば、皮肉の応酬と腹の探り合いになる場合もある。

「おう…、真砂か。このご時世でずいぶん羽振りがいいようじゃねぇか?」

「秋吉《あきよし》組長、本日はご足労いただきまして、まことにありがとうございました」

千郷の背中でそんなやりとりが聞こえてくる。

ドスのきいた、いかにも筋モノといった男の声と、いつになく腰も低く返している真砂の声。

丁重とはいえ、媚びた色も、あせりや怯《おび》えも一切なく、きっちりと五分で向き合っている男の声音だ。

千郷たちは列の内側に入って、恵や若頭の動きを横目に見つつ、上座から順に動いていたので、ちょうど反対側の辺を真砂が担当している形だった。

同系列から対立組織から独立系から、いくつもの組が入り乱れて仕切っている大きな盛り場をシマの一つにしている真砂は、秋吉組長の縄張り——厳密には秋吉組の若頭の組が仕切っていたはずだが——とも隣接していたはずだ。

縄張りといっても線引きは曖昧で、境あたりでは鍔迫《つばぜ》り合いになっている……らしい。同じ神代会に属しているとはいえ、いや、だからこそ、おたがいのシノギは気になるし、負けるわけにはいかない。

何気ない挨拶のやりとりにも、緊迫した空気があった。

「そういや、こないだはうちの若いのが迷惑かけたようだな？」

うかがうような秋吉の言葉。下手に出ながらも、言葉の裏には「おめぇのところが邪魔しやがったんだよ」というニュアンスも感じる。

そういえばある飲み屋のみかじめ料をめぐって、秋吉の若頭のところのチンピラと小競り合いになったと、千郷も耳にしていた。

「とんでもないですよ。うちの若いのが不調法で申し訳ありませんでした。またあらためて、そちらの若頭にも詫《わ》びを入れに行かせますよ」

しかしそんな脅しのような言葉にも、真砂はやたらと朗らかに頭を下げてみせた。

「その折には、説明の方もきっちりさせていただきますんで」

さらりとつけ足された言葉は、引くつもりはない、という真砂の真正面からの意思表示でもある。

「別に、それほどのことじゃねぇがな…」

わずかに息を吸いこんで、まぎらわすようにグッと盃を空けると、秋吉が低くうめいた。

真砂はもともとケンカ上等の男で、かつてはかなりやんちゃをしていたようだ。千郷が組に入る前のことだが。

改造拳銃で対立する組事務所に弾をぶちこんだようなことも何度か、襲ってきた男の手足をぶち抜いたり、へし折ったり。闇討ちのような卑怯な真似をしてきた相手の自宅に、大型のバイクでつっこんでみたり。

千郷の知らないところではもっと荒っぽい武勇伝も数多くあるようで、今まで警察に挙げられたことがないのは、ほとんど奇跡と言える。立ちまわりもうまいのだろう。

被害を届け出ない相手で、カタギさんの目に見えないところでことをすませる。もちろん、一般市民を巻きこむようなことはしない。跡も残さない。

「では、こういう席ですからね。これで水に流していただけますか、組長？」

「……おう」

にこりともしていない目でにこやかに言いながら銚子《ちょうし》を傾けた真砂に、しぶしぶといった口調で秋吉が盃を差し出している。

ケンカ上等という噂、伝説と言ってもいいが、そういう確固たるイメージを一度きっちりと作ってしまうと、だんだんと実際に手を出す必要はなくなってくる。名前を出すだけで相手が引くのだ。あとは要所を締めればいい。

真砂はそれをよくわかっていた。だから今はあえて、大きな事件を起こすこともない。もちろん気楽な昔と違って今は自分も組を抱えている以上、警察沙汰になるような隙はそうそう見せられるはずもない。……まあ、舎弟が増えた今では、直接自分が手を出す必要もないのだろうが。

そんなやりとりを背中に聞きつつ、千郷も次の組長の前へとまわっていった。

「相談役、ご無沙汰しております」

髪もなかば白くなった六十過ぎの男だ。タイミングを見て声をかけた千郷に、横の男との会話を切り上げてふり向くと相好《そうごう》を崩した。

「おお…、蜂栖賀か。ひさしぶりだな」

先代とは昵懇《じっこん》の間柄で、鳴神組との関係もいい。

「本日はご足労様でした」

「いや、壮一には世話になったからな…。三回忌とは早いもんだ。それにしても、あいつが俺より先に逝《い》くとはなぁ…」

感慨深げにため息をついた男に、千郷は、「一杯、よろしいでしょうか?」と、丁重にお銚子を差し出してみせる。

「あっ…と」

が、うっかり、手にしていた銚子が空だった。

一瞬、ひやりと背筋が凍る。

しかしその時、背中で気づいたらしい真砂が持っていた自分のお銚子をまわしてくれた。

「ほら」

視線だけで、悪い、と断って受けとった千郷は、あわててそれで男の盃を満たす。

「どうも、相談役。本日は」

と、その間に真砂も横で正座して、きっちりと男に頭を下げた。

「半次郎、おまえも達者なようでなによりだな。最近はやんちゃはしてねぇのか？」

皺の多い顔に笑みを刻んで揶揄《やゆ》するように言われ、しかし皮肉というわけではないのだろう。

半次郎という名前は、年配の組長方には愛嬌が感じられるらしく親しみをこめて、同世代から下の、とりわけ敵対する連中にはからかうように呼ばれている。

「おかげさまで。相談役もお元気そうで。……ああ、この間は赤坂のクラブでナンバーワンの娘《こ》をお持ち帰りしたと聞きましたよ？　どこかのＩＴ社長の鼻先でさらったとか。お若いですよ」

「耳が長げぇな…、相変わらず」

まんざらでもなさそうに、相談役が笑う。

気を取り直して、千郷も微笑んだ。

「そういえば、くるみちゃんはお元気ですか？」

「おお…、そうそう。それなんだがな」

クッ、と盃を空けてから、男がわずかに身を乗り出してきた。

「そろそろ年頃ですよね」

「そうなんだよ、いい婿《むこ》のアテはないもんかな？　ずっと探してるんだが」

「……え、顧問にそんなお嬢さんがいたか？」

ちょっとあせったように、背中から真砂が耳打ちしてくる。

バカ、と肩越しに軽くそれをにらんでから、にこやかに千郷は向き直った。

「フレンチブルの純血種ですよね。心当たりをあたっておきます」

くるみというのは、娘や孫娘ではない。相談役が溺愛しているペットの名前だ。

フレンチブル…？　とうめくように背中で真砂がつぶやいている。

「よろしく頼むよ。いい相手がいたら見合いでもな」

機嫌よくうなずいた相手に頭を下げ、失礼します、と千郷はいったん銚子をとりに廊下から隣の部屋に下がった。

隣の一室では、若い連中がいそがしく空の銚子やビール瓶を片づけ、新しいものを運んできている。

空の銚子を渡してから、千郷はちょっと息抜きのように肩をまわした。

鳴神組は、関西に本拠地を置く暴力団組織の三次団体になる。神代会が関東を中心とした その二次団体であり、本日お集まりの組長さん方も、その幹部、および関係者が多い。

やはりこれだけ大きな組の組長さん方とそろって顔を合わせる機会は千郷としてもなかなかなく、精神的に緊張するし、めったにない愛想笑いで顔も強ばる。

そういう意味では、まだ若い一生——今の鳴神組組長の重圧は相当に大きいはずだった。若頭の秀島が常に補佐についているとはいえ、このクラスの幹部たちとの会合が日常茶飯事になるのだ。

「お銚子、まだかっ?」

「ビールが足りねぇぞっ!」

「水割り、用意しろっ。ロックだ!」

と、さらに奥の方で殺気立った声が重なっているのを聞きながら、千郷はポケットから携帯を出してメールをチェックした。

そこに、やはりダレたように首の後ろをさすりながら真砂が入ってくる。ちろっと先客の千郷を見て、横目ににらんだ。

「サボってんなよー。千住《せんじゅ》の組長がミツバチちゃんはどこ行った、つってたぞ」

「誰がミツバチちゃんだ」

さりげなく携帯をしまいながら、むっつりと千郷はうめいた。

「俺じゃなくてだな…、千住の組長が」

「おまえがそんなつまらない呼び方をするから、千住組長が覚えたんだろうが」

グダグダと言い訳する男にぴしゃりとたたきつけるように返すと、「あー…、だっけかぁ?」とそっぽを向いて真砂がとぼけた。

千住組の組長も、自身がかなり若い頃に跡目を継いだこともあってか、跡目騒動の時には一生を支持してくれていた。真砂のことも気に入っているらしく、年がいくつも変わらない気安さもあるのか、結構馴染んだつきあいをしているようだ。

千郷は、千住組長とは顔見知りに毛が生えた程度だが、組長と真砂との間では自分のことがわりとよく話題に上っているらしい。

どんな噂をされているのか、気にならないわけではなかったが、二人の間で「ミツバチちゃん」などと下らない呼ばれ方をしているところをみると、わざわざ問いただしたいものでもない。いい酒の肴《さかな》にされているのだろう。

今の鳴神組で、千郷と事務的なやりとり以外の会話ができるのは——あえてしてくるのは、真砂くらいだった。

まあ、今の、というよりも、それは先代がいる時分からだったが。

鳴神組での千郷の地盤は、先代の存命中にもある程度、固まってきてはいたが、やはり大きな後ろ楯《だて》をなくすと、立場は微妙なものになってくる。

今まで「組長の愛人」という陰口をたたかれながらも、幹部たちを黙らせるだけの成果は上げてきたつもりだった。今の若頭補佐という立場は実力で得たものではあるが、やはり先代がいるだけで受けていた有形無形の影響力がなくなると、風当たりはあからさまにきつくなってくる。

具体的なことで言えば、大きな仕事がまわされなくなったり、だ。シノギとしても、組の中の信頼という意味でも。以前なら、組長の鶴の一声で千郷にまわされていたような、千郷の得意分野である仕事も、他の人間が扱うようになってくる。

もっともそれは、千郷が先代以外の組員たちと腹を割ったつきあいをしていなかったせいなのだろう。

千郷も「仕事」に関してはきっちりとこなしていたし、必要であれば他の幹部たちに協力もしてきたが、ヤクザはそもそも個人事業者の寄せ集め、互助組織である。それぞれがそれぞれの才覚でもってシノギを上げ、上納金を納める。

ただ何かあった場合に、組が一致団結して外敵に当たるのだ。そう、ちょうど今の組長が跡目にすわるまで、鳴神組の組員たちが足並みをそろえて対処したように。

千郷の、組の中での処遇は今の組長である一生の腹次第というところがあった。

それだけに、他の組員たちも今は様子見といった感じなのだろう。

先代の威光があって異例の出世をした男。千郷にしても、先代のためにヤクザになり、先代のために仕事をしてきた。先代のためだけに——だ。

そのスタンスを、特に隠してもいなかった。

それは忠誠心というよりも、やはり身体の関係があったことで、先代だけにしっぽを振っていた小賢《こざか》しい男、という評価になるのだろう。

そういう意味では、やはり真砂は他の幹部、そして舎弟たちからの信頼も厚かった。ヤクザにとっては、真砂のようなたたき上げの男はわかりやすいのだろう。

いろんな前歴をたどってこの業界に転落してくる男は多かったが、千郷にはどうしてもうさん臭さがあるようだ。

千郷は誰かに聞かれた時には、「公務員でした」とだけ答えていて、くわしくは口にしなかった。あの時聞いていた真砂も言わなかったし、千郷の正確な前歴を知っているのは、おそらくあとは若頭の秀島くらいだろう。もちろん、一生も、だ。

しかし公務員というと、「サツ上がりか?」と疑われて、それだけ笑って否定していた。

警察官上がりのヤクザは多いが、そもそも千郷はとてもそうは見えないだろう。

先代の生前から、そういう微妙な千郷の立ち位置にかまわず、実際まったく頓着《とんちゃく》することなく、真砂だけが千郷にかまってきていた。良くも悪くも、だ。

同い年のぽっと出に、こんなふうにやすやすと横に並ばれると、当然おもしろくない気持ちはあるはずだったし、初めてシノギで真砂を抜いた時などは「覚えてろよ…。いつまでもでかい顔をさせとく気はねぇからなっ」と、青筋を立てて吠えていた。

ただ真砂は、先代とのことで当てこすりを言ってくることはなかった。

先代に対する揺るぎない敬意と、おそらく、最初からすべて知っていた——そして見ていたから、だ。

他の組員たちが、先代と自分との情事を頭の中で想像しているだろう中で、真砂だけはその必要がない。実際に見ていたのだから。

その分、千郷にしても、真砂を相手にするのは気が楽だったのかもしれない。

たいがい、言いたいことを言っていた。……まあ、他の幹部たちにも、さして遠慮するようなことはなかったが。

「とにかく、おまえがつまらない呼び方をやめろ」

「あー…、恵さん、喪服姿だと一段とイイ女に見えるな…」

厳しく言った千郷に、真砂が話をそらせるつもりか、わずかに開いていた障子《しょうじ》の隙間から隣の広間を眺めてつぶやいた。

その鼻の下の伸びた横顔を、千郷は眉をよせてにらむ。

「不謹慎だぞ」

真砂が肩をすくめてみせた。

「オヤジどもの目がヤバイ」

「恵さんはあしらい方をわかってるよ」

「まぁな…」

千郷の言葉に、いくぶんおもしろくなさそうに真砂がうめく。

その表情を横目にして、千郷はそっとため息をついた。

実は、真砂が鳴神組に入ってきたきっかけが恵だった。――と聞いている。

もう十五年ほども前の、真砂が高校生の頃だ。二つ年上の恵と、真砂はつきあっていたらしい。

年上の、しかもヤクザの娘相手に高校生が度胸あるな…、と感心したが、実際それがバレて本家まで引きずってこられ、先代の組長には半殺しの目に遭わされたようだ。

『あんたの娘がそれだけイイ女だってことだろ?』

しかしボコボコにされてもそんなふうにうそぶいていた真砂を先代が気に入り、その場で組にスカウトされたらしい。真砂は高校を中退し、そのまま組に入ったのだ。まあ、正式な構成員になったのは、もっとあとだろうが。

つまり真砂は、転身組の千郷とは違ってたたき上げのヤクザというわけだ。それだけに、若い、やんちゃな連中をまとめるのがうまい。

とはいえ、結局は別れて、恵は別の男と結婚したことになる。

『あの男、仕事の方がおもしろくなって私をほったらかしたのよ』

さりげなく恵に尋ねると、そんなふうに言っていた。

ありそうなことだな…、と千郷はちょっと笑ってしまった。

今でも何か新しいことを思いつくと、子供が遊びに夢中になるように熱中するのだが、昔の真砂なら今よりもっと貪欲に、いろんなことを吸収していたのだろう。

ヤクザという世界は、徹底した実力主義の組織だ。真砂にとっては自分の力、才覚だけでのし上がっていける、おもしろい「仕事」だったはずだ。

そして実際に、それだけの成果も上げている。

とはいえ、真砂と恵との関係は悪くないようだった。しこりがあるようには見えず、本家でも気安い様子で話している。

まあ、二人とも三十を超えたいい大人だ。昔のような情熱的な関係でなくとも、ほどよい「大人の関係」を築いていたとしても不思議ではない。

「ほら、もどるぞ」

すいませんっ、と部屋住みの若いのがあせって台所から運んできた銚子を手にして、千郷は宴会場を顎で指した。と、思い出してつけ足しておく。

「ああ…、澤口《さわぐち》組長は肝臓を悪くしてる。酒はあまり勧めるな。——おい、ウーロン茶を用意しておいてくれ」

千郷がふり返って指示を出すと、部屋住みの若いのが「はいっ！」とうわずった声を上げて奥へ駆けこんでいく。

了解、と片手を上げ、やれやれ…、と言いたげなため息をついて、真砂も廊下へとまわりこむ千郷のあとに続いてきた。

「これは…、どうも。ご無沙汰しております」

そして広間にもどって畳に膝をつくと、にこやかに組長に挨拶した。さすがに変わり身の早さは一流だ。

千郷も視線で先に並ぶ組長の顔ぶれをチェックしつつ、挨拶の戦列へと入っていく。

相手の顔と名前、頭の中でその組織やら現状やら家庭環境、そして特に人間関係――盃関係と敵対関係だ――のデータを素早く頭の中に呼び出しながら、当たり障りのない、しかし微妙に駆け引きめいた会話をかわしつつ、膝を進める。

順番にそれぞれの組長さんに参列の礼を述べ、酌をしてまわっている最中だった。

「金儲けは得意なようだが、仁義はなっちゃいねぇようだなァ！」

と、ふいに割れるような声が千郷の耳に飛びこんできた。

ハッとふり返ると、どっしりとした体型の五十がらみの男が野太い声を上げ、意味ありげに千郷を眺めている。

いかにもまわりに聞かせるように、なのだろう。物事に動じない組長さん方がそろっているわけで、たいていが素知らぬふり、あるいは、またか…、といった様子だったが、それでも少し場がざわめく。

トイレか何かで席が空いていたため、千郷は挨拶を飛ばしたのだが、それが気に入らなかったようだ。

すみません、失礼します――と、千郷が話していた目の前の組長に頭を下げると、めんどくせぇ男だよなぁ…、というように、相手もちらりと目で笑う。

千郷は静かにそちらへもどって、丁重に畳に手をついた。

「失礼しました、峰岸《みねぎし》の組長。席をお立ちだったようですから、ご挨拶が遅れました。本日はご足労いただきまして、まことにありがとうございます」

こんな千郷の口上に、峰岸がふん…、と鼻を鳴らす。

「早いもんなぁ…、鳴神のオヤジが死んでもう二年か」

それでも千郷が差し出した銚子に盃を空けながら、峰岸がいかにも不遜な調子で口にした。

「おまえもまだ忘れられねぇんじゃないのか？」

そしていかにもな口調でにやりとつけ加える。

先代と千郷との関係は、他の組の人間も周知の事実だったのだ。

「あれだけ器の大きな方でしたから、すぐに忘れることはできないでしょう。ですからこうして、皆様もお集まりくださっているのだと思います」

しかし素知らぬふりで、千郷はさらりと受け応えた。

「カラダの方もずいぶん淋《さび》しい思いをしてるんじゃねぇのか？　ああ…、それか、あっちの後釜も今の組長が引き受けてんのか？　先代のあとがあんな若造じゃ、もの足りねぇだろうがなァ…」

かわされて、いくぶんムキになったようにしつこく続けた峰岸が、いかにも下卑《げび》た笑い声を上げた。

あからさまな当てこすりだ。そう言えば峰岸は、一生の跡目襲名に最後まで反対していた男だった。

「どうだい？　うちにくりゃ、もっと満足させてやれると思うんだがなァ…」

「ありがたいお話ですが、特に不自由はしておりませんので。……それに、先代と峰岸さんとのモノを比べてしまうのも申し訳ないですしね」

表面上は笑顔のまま、冷ややかに返した瞬間、まずい…、とわずかに奥歯を噛みしめた。冷静なつもりで、うっかり口からすべり出していた。

ふだんの自分なら、面倒になるとわかっていて挑発に乗るようなことはなかったが。

時と場合によって、もちろん相手を挑発して怒らせることはある。だが今は、仮にも先代の法事に足を運んでもらっている客人相手だ。そんな場ではない。

「……なんだと、てめぇ…。それはどういう意味だっ？」

とたんに表情を険しくして、峰岸が下からにらみ上げるようにうなる。

「いやー、別に淋しい思いはさせちゃいないと思いますがね、峰岸の親分。うちにはケンカでも金儲けでもベッドでも、うまい男が多いですから。ま、俺のことですが」

と、その怒号をふわりと受け止めるようにいきなり背中から届いた声に、ハッと千郷はふり返った。

いつの間にか、銚子を片手に真砂が張りついたような笑顔で近づいていた。冗談めかした軽い口調で、しかしその目は笑っていない。

そんな会話が耳に入っていたのだろう、まわりの組長たちからハハハッ、とまばらな笑い声が起きる。

「ずいぶん背負《しょ》ってるなァ、真砂」

「腕っ節と比べてあっちは、ってオチじゃねぇのか？」

そんなヤジにも似た声と。

なにげに組同士の関係も見えて、端《はた》で眺めている分にはおもしろいやりとりなのかもしれない。

「ほう…、半次郎、じゃあおまえがお下がりをもらったってワケかい？」

気を削《そ》がれたように低くうなった峰岸が、攻撃の矛先を真砂に変える。

峰岸の言葉に、スッ…、と真砂が目をすがめた。

「真砂、やめろ」

ずいっと膝を前に進めた男を千郷はあわてて肘で止めるが、かまわず真砂はひどく落ち着いた口調で——聞きようによってはバカにした調子で言った。

「いやぁ…、峰岸の組長はどうやら考え違いをされてるようだ」

「ハァ…？　考え違いだ？　どのへんがか教えてもらいてぇもんだな」

峰岸が不機嫌に聞き返す。

「むしろステータスと言うべきじゃないですかねぇ…。どこかの生ぬるい口だけの男じゃ、これだけ蜜《みつ》を集めるのがうまい、猛毒をもった蜂は扱えないでしょうからね」

——猛毒？

と、千郷もいささか腑《ふ》に落ちない気はしたが、さすがに峰岸も感じるところはあったようだ。

「てめぇ、何が言いたい…っ？　ああっ？」

わずかに肩を怒らせて身を乗り出してくる。お猪口《ちょこ》が倒れて、かすかな音を立てた。

そもそも真砂が口を挟むようなところではなく、騒ぎを大きくしてどうする、と千郷が内心で舌を打った時だった。

「峰岸の組長。うちのに何か粗相がございましたか？」

淡々と、空気を冷やすような声が落ちてきた。まだ若い、しかし感情に乏しい声だ。

顔を見なくてももちろんその声の主はわかり、千郷はあわてて脇へよった。真砂も反対側へと膝を移し、その間にぱしっと袴を捌《さば》いて組長――鳴神一生が膝をついた。

「いや…、別に。鳴神さんはいい舎弟をお持ちだと感心してたところでね」

さすがに鳴神の本家で、峰岸も騒ぎを大きくしたいわけではないのだろう、そんな皮肉めいた言葉でやり過ごす。

「それはありがとうございます。……一杯、お受けいただけますか？」

それが通じているのかどうなのか、表情も変えないまま、一生が銚子を傾けた。

そんな会話の間に、千郷がちらっとまわりに視線をめぐらせると、酌の手を止めてこちらを見ていた恵と目が合う。どうやらこっちの騒ぎに気づいた恵が、早々に弟を挨拶によこしたらしい。手早い対処だ。

軽く頭を下げて礼代わりにした千郷に、恵が小さくうなずく。

さすがに気配りの行き届いた人で、弟の跡目襲名に際しても、裏ではずいぶんと昔馴染みに挨拶をしてまわり、しっかりと根回ししていたようだ。

組長の背中越しに、失礼します、と千郷は丁重な挨拶を残して、さりげなくその場を引いた。

そして自分の挨拶の合間に一生の動きを目で追い、休憩かトイレか、席を外したところを急いであとを追った。

「申し訳ありません、組長。お手数をおかけしました」

廊下で頭を下げた千郷に、ちらっとふり返った一生は短く言っただけだった。

「バカを相手にするな」

「はい」

先代と千郷との関係は公然の――秘密ですらなかったから、もちろん一生や恵の耳には入っていたはずだ。

実の子供たちにとって、父親の男の情人というのがどんな感覚なのか、千郷にはわからない。先代の生前からそこそこ顔を合わせる機会はあったが、ことさら非難されたり、罵倒されたりということはなかった。

代替わりした今も、他の幹部たちとまったく同じ扱いだ。

まあ一生は、若頭の秀島に組の実務的なことをほとんど任せており、どの幹部に目をかけているとか、気に入っているとかいう感じではない。誰もをフラットに扱っていたが。

ただ千郷の方で少し、遠慮していたところはあったかもしれない。

目障りではなかったか…、と。

他の組員たちに何を言われようがさして気にはならなかったが、やはり先代の実子には申し訳ない気がするのだ。

だからこそ、一生が跡目としてしっかりと認められるまでは——と思っていた。

最後の客が帰ったのは、夜の九時をまわったあたりだった。

真砂が門まで見送るのに千郷もつきあい、ありがとうございました、と丁重に車のドアを閉めて送り出す。

ようやく本家の中の空気も緩み、解放感で溢《あふ》れていた。……有り体に言えば、緊張が切れて若い連中がだらけきっていたのだが、いちいちそれをとがめるのも気の毒だ。

一生や恵は自室へ引き取り、会場の片付けもあらかた終わると、手伝いに来ていた連中も順番に引き上げていく。

広い家だけに客が引くと一気に閑散とし……しかし、一仕事終えたあとの、落ち着いた空気が満ちていた。

千郷は一人静かに、祭壇が組まれたままの部屋に入っていった。いつもは仏間にある先代の位牌《いはい》や遺影も、今日はこちらに設えられている。

自分が酒をついだのと同じだけ返杯があったので、さすがに少し酔いが身体をまわっていた。それでも以前に比べれば、少しは酒も強くなったはずだったが。

昼間はみっしりと人が集まっていた広間も、今は隅の方にうずたかく座布団が積み上げられているだけの、がらんとした空間にもどっている。

たくさんの花が遺影を囲み、その前で小さな蝋燭《ろうそく》の炎が揺れていた。

位牌の前に膝をつき、昼間は遠かった遺影を千郷はじっと見上げた。

先代がいなくなった喪失感は、まだ消えてはいない。

この男に出会ったおかげで、自分は変わったのだろう。……社会的には「転落」したと言われるのかもしれないが。

だが少なくとも今、こうして生きている。おそらくは、出会った頃よりも自由に。

その今の自分を、否定するつもりはなかった。後悔することもない。

千郷にとっては、先代の存在がすべてだった。先代が亡くなってからのこの二年は、先代への恩に報いるためだけに働いてきた。先代が残したものを守るために。

そして節目の三回忌を無事に終え、ようやく組も安定してきたようだった。

千郷としても少し落ち着いて考えられるようになった。

この先、どうするのか――を。

と、ミシッ…、と畳を踏む足音がかすかに耳に届く。ふり返る前に、千郷の隣に大きな影が気だるそうに腰を下ろした。

真砂だ。客を見送り今日の仕事を終えて、すでにネクタイは緩み、スーツのボタンもすべて外れている。

先代の前でだらしない…、と千郷はわずかに顔をしかめたが、考えてみればいつものことだった。先代が生きている頃から、真砂はいつもそうだったのだ。

それでも真砂は無言のまま千郷の隣に正座すると、手を伸ばして線香を立て、パン、と手を合わせた。

神様じゃないぞ…、と小さくうめいてため息をつく。まあ、先代もそんな細かいことにこだわりはしないだろうが。

「オヤジさん、どうかミツバチちゃんが早くオヤジさんのことを忘れて、俺のモンになりますように」

実際、神様に拝むみたいにして、ずうずうしく真砂が祈る。

「御霊前で不謹慎だな」

千郷はいかにもあきれた様子でため息をついてみせた。

平然と口にしつつ、さすがに少し落ち着かない気分にもなる。

去年、先代の一周忌が過ぎたあたりから、真砂は千郷にこの手のちょっかいをかけ始めていたのだ。

軽い調子でもあったので、始めはほんの冗談か、からかっているつもりなのか、というくらいにしか受けとっておらず、千郷もほとんど相手にせずに受け流していた。

なにしろ真砂は、千郷の先代とのつきあいを一番最初から見てきた男だ。しかも一番間近で。

最初の夜に目の前で見ていただけではない。先代のボディガードとして供《とも》につくことが多かった真砂は、そのあともたいてい一緒にマンションを訪れていた。

千郷が先代と寝室にいる間、真砂はリビングで待っていたのだ。

実際に見ていたことは少なくても、声は聞こえていたはずだし、情事のあとの様子も知っている。

まったく何を血迷って…、とあきれ、あるいは男を失った千郷への同情か、と思うと、腹も立った。

じっと遺影を見ていた真砂が、膝をまわして千郷に向き直る。

「三回忌も無事に終わったんだ。そろそろ抱かせろよ」

まっすぐな目で、じっと千郷の顔をのぞきこむようにして、真砂が言った。

その眼差しの強さに、一瞬、千郷は息を呑む。先代の目を思い出す。じっと見つめられた時の感覚に、幻惑されるようだった。

それでもそっと息を吐き、平然としたふりでいつものように千郷はかわした。

「おまえに抱かれて、何かいいことがあるのか？」

「そりゃあるだろ。いろいろな」

真砂が軽く肩をすくめた。膝を崩して胡座《あぐら》をかくと、スーツのポケットからタバコを取り出す。一本くわえて火をつけ、大きく煙を吐き出してから、さらりとあたりまえのように口にした。

「身体も気持ちイイし、おたがいの意思の疎通もよくなる」

「イイかどうかはわからないだろう」

「やってみりゃわかるさ。ていうか、やってみなくちゃわからねぇ。……だろ？」

勝手な言い草に憮然《ぶぜん》と返した千郷に、真砂が小ずるく、自信たっぷりな様子でにやりと笑う。

「お下がりの男でいいのか？」

ちょっとため息をつき、いくぶん自嘲気味に千郷は聞き返す。

「千郷」

しかしそんな千郷の言葉に、ぴしゃりと真砂が言った。物騒な目がにらみつけてくるが、千郷はかまわず続けた。

「それとも、オヤジさんの遺言でもあったか？　あとの面倒を見てやれって」

「そーいうんじゃねぇだろ…」

両手を投げ出し、どこかふてくされた様子で真砂がうめく。

「そりゃ、俺が邪《よこしま》な目でおまえを見てたのはオヤジも知ってたんだろうけどさ…」

むっつりとつけ足された言葉に、そうなのか？　と思わず千郷は首をひねった。

先代が生きていた間は、真砂がそんな素振りをみせたことはなかったのに。少なくとも、千郷は気づかなかった。

疑わしげな千郷の表情をちらりと見上げ、先代の遺影に視線を移して、真砂が薄く唇だけで笑った。

「ひでぇオヤジだったぜ？　わかってて、俺におまえを風呂に入れろとか言いやがってさ…。ガキが自慢げに見せびらかすみたいにな」

そう言えば、ことが終わったあと、ぐったりとした千郷を真砂が風呂に入れてくれたことが何度かあった。もちろん先代に言われて、だ。

情事の跡も生々しい身体が他人に洗われて、千郷としてもいたたまれない気分ではあったが、いろいろとめんどくさいことを考えられる状況ではなかったし、しょせんヤクザのやることだ…、というあきらめもあった。何か急用でもあれば、若頭や舎弟たちが最中にベッドルームへ入ってくることはあたりまえのようにあったし、他の男に痴態を見られることにも、否応なく免疫はできていたのだ。

「それで、オヤジさんの持ってるモノが欲しくなったのか？　他人のモノはなんでもよさそうに見えるからな」

千郷はいかにもあきれたふうに聞いてやる。

なるほど、そういうことならわからないでもないな…、と思う。真砂にとってみれば、敬愛していた先代の、まあ…、愛用していたモノだ。

どんな具合なのか、一度くらい自分も使ってみたいという気持ちが働いたとしても無理はない。

「だから、そーいうんじゃねぇって」

やはりタバコを吸っていた先代のために祭壇には灰皿も用意されており、ずうずうしくそれを引きよせて灰を落としながら、真砂が顔をしかめた。

「なんつーか、こう……キュン、としてさ」

「は？」

そして何か思い出すような遠い目で真砂がつぶやくのに、千郷はまじまじと男の顔を眺めてしまう。

意味がわからない。

「初めておまえがオヤジと寝た次の日な、おまえ、オヤジとコーヒー飲んでたろ？　オヤジのカップでさ…。初めての朝に二人で一つのカップを使うっていうのが、なんかすげぇいいなー…って思ってな」

「……おまえ、頭のネジがどこか飛んでないか？」

いったいどこの乙女だ。

あきれるというより、心配になってくる。これがこの先の鳴神組を支えていく男かと思うと。

「大丈夫か、本当に？　夜明けのコーヒーが二人で飲みたければ、適当な女を引っかければいいだろう」

相手に不自由しているわけでもないはずだ。

「一応やってみたんだけどなー。なんか違うんだよなー。なんつーか、トキメキがなぁ…」

腕を組み、顔をしかめて言った千郷に、真砂がうーん…、とうなりながら顎をかいた。

……バカバカしい。

「つまらないことを言ってないで、まわりをよく見ろ。俺に関わってるとおまえ、足下をすくわれるぞ。何を言われるかくらい、わかってるだろうが」

千郷は深いため息とともにバッサリと切って捨てた。

もし…、自分と真砂とに関係ができれば、口さがない連中の言うことは決まっていた。

他の組の連中も、そして鳴神組の中の連中も、だ。

先代という後ろ楯を失った千郷が、今度は真砂に目をつけた。常に強い男を嗅《か》ぎつけて、尻を振るビッチだと。そして真砂にしても、あっさりと籠絡《ろうらく》されたマヌケな男だと言われるのだ。

せっかく新しい組長の下でまとまりかけている舎弟たちの気持ちも落ち着かないだろう

し、外に対しても笑いものにされる隙を作ることになる。

「別に、言わせたいヤツらには言わせとけばいいさ」

が、真砂はこともなげにさらりと言った。

一瞬、千郷は息をつめてしまう。

まわりの目を気にしない強さは、自信の現れだろうか。ふっと、先代を思い出す。

まあもっとも、まわりの目を気にするようではヤクザなどやってられないだろう。

「だいたいおまえが先代の『女』ってだけなら、誰もおまえのことなんか気にしやしねぇよ。とっくに切ってる。峰岸あたりがおまえにとやかく言ってくるのは、それだけおまえが目障りだからだろ。潰したいのさ。それか引き抜きたいのか」

「そこまで考えているとは思えないけどな」

千郷は軽く首をふる。

「だいたいおまえは……」

無意識に言いかけて、千郷はふっと口をつぐんだ。

「なんだ？」

怪訝《けげん》そうに真砂が首をひねったが、いや、と千郷は言葉を濁《にご》す。

——恵さんと一緒になるんじゃないのか？

そんな言葉が口をつきそうになっていた。

実際のところ、それが鳴神組幹部たちの希望であり、総意であるのは、千郷もわかっていた。もともとはそういう仲だったわけだし、今でもおたがいに気のおけない雰囲気がある。

若頭補佐である真砂が恵と結婚して、いずれ若頭へ昇進し、まだ若い組長を支えていく——というのは、どこから見ても文句のつけようがない、きれいな絵だ。

おそらくはそれについている一点の染みが、千郷なのだろう。

だからこそ、千郷が不用意に口を挟むことではない。

「おまえは先代と俺との関係を見てたから、好奇心があるだけだよ。先代と同じことをやってみたいだけだ。一度抱けば気がすむくらいのな」

千郷は軽く首をふって続けた。

そう、結局は千郷が拒むからムキになっているだけだ。ガキなだけだ。

「好奇心でいっぺんやりたいだけなら、こんな手間はかけねぇよ。力ずくでやりゃ、いいことだ」

しかし、らしくもなく理論的な言葉で返され、千郷はそっと乾いた唇をなめた。

確かに一度やりたいだけなら力で奪うことは簡単だった。そしてそれが、ヤクザのやり方でもある。

「だったら一度、やってみるか？　それでおまえの気がすむならな」

千郷はどうでもいいような調子で口にした。

それで満足して気がすむのなら。あるいは幻滅して、興味をなくすのなら。

一番手っ取り早いのかもしれない。

……確かに一度くらい、真砂と寝とくのもいいかもな。

と、千郷も、ちょっと自堕落に思ってしまう。

先代と自分とをじっと見つめていたあの熱い眼差しが自分に注がれるのは、多分、快感だろう。

ほう…？　というように、ふっと真砂が目をすがめた。

「どういう理由でも、据え膳は断らない主義だけどな」

にやりと笑って、顎を撫でる。

「おまえも一度、俺に抱かれてみりゃ、メロメロになって次からはせがんでくるぜ？」

「どうだか。俺の要求するレベルは高いからな。なにしろオヤジさんが基準だ」

素っ気なく言うと、あー…、と真砂がタバコを挟んだ指で顎をかいた。

先代がどれだけ強く、うまかったか――は、真砂も十分に知っている。

「比べるぞ？」

それはもう、否応なく。

千郷は他に男を知らないのだから。

「望むところさ」

ちらっと視線を上げて、脅すように言った千郷に、真砂がにっ、と自信ありげに笑ってみせる。

タバコをもみ消して灰皿に投げると、空いた手をスッ…と伸ばしてくる。何か確かめるように指先が千郷の頬に触れた。

「今…、いいのか？」

低い、ささやくような声が頬をかすめる。

千郷がそっと息を吸いこんだ——その時だった。

いきなりけたたましい着信音が広い空間に響き渡る。千郷のではない。

チッ…、と舌を弾いて、真砂が内ポケットから携帯電話を取り出した。

ちらっと無意識に千郷も腕時計に目を落とす。

午後九時三十五分。

なるほど…、報告らしい。タイミングとしては合っている。

通話ボタンを押しながら、いかにも何気ない様子で真砂が立ち上がって廊下の方へとふらりと向かう。

「……おう。どうだ？」

そんなふうに低く尋ねる声を背中に聞く。

「そうか。わかった。……あぁ？　お巡り？　ずいぶん早いな。——ああ、おまえもすぐに引き上げろ」

そんな短いやりとりを終え、真砂がもどってくる。

「長坂《ながさか》からか？」

何食わぬ顔で尋ねてやると、うん？　といくぶんうかがうような目で千郷を見下ろしてくる。

「……どうして？」

そしてとぼけるように聞き返してきた。

「倉庫街だろ？　爆破はうまくいったみたいだな。警察の到着が早かったのが計算違いか？」

千郷も膝を崩し、楽な体勢に変えながら、さらりと口にした。さりげなく自分の携帯もポケットから出して、すぐ横の畳に置く。

「おまえ……、どうしてそう思う？」

わずかに息を呑み、にらむように真砂が尋ねた。

それに、にやりと千郷は笑った。

「俺がタレこんだからだ」

「おまえ…っ」

真砂が大きく目を見張った。

実はこの時間、長年対立している山沖組《やまおき》がウクライナ人を相手に武器取引をしていたのだ。……という情報を真砂はつかんだらしく、取引を邪魔するために取引場所を特定し、あらかじめ遠隔操作の爆弾を仕掛けたらしい。

これで相手のウクライナ人が疑心暗鬼になれば、今回の取引だけでなく、山沖組の武器密輸ルートを一つ、潰せたことにもなる。

もちろん、跡は残していないはずだ。誰が仕組んだのかうっかりバレたら、即抗争になりかねない。

「誰がしゃべった？ 隆次《りゅうじ》か？」

低く問い詰められたが、千郷は微笑んだだけでかわした。

と、そこに今度は千郷の携帯に着信が入る。ハッとしたように、真砂が千郷の携帯に目を落とした。

ゆったりとそれを持ち上げた千郷は、もしもし、と穏やかに応える。

『回収しました。やりましたよ……！』

わずかに興奮したように荒い息遣いで、男の声が聞こえた。風の音が強く、電波もとぎれがちで聞き取りにくいが、覚えのある男の声だ。

千郷の直接の舎弟になる、戸張《とばり》という男だった。

「ご苦労だったな。あとは手はず通りでいい。落ち着いて帰ってこい」

千郷の言葉に、はい！　と力のこもった声が返り、通話が切れる。

「……おまえ、何した？」

獰猛《どうもう》な動物が喉でうなるような声で、真砂が物騒な視線を突きつけてくる。

「だから、爆発の直前で警察に取引の情報をタレこんだ」

それにさらりと答え、ちょうど廊下を通りかかった部屋住みの若いのを呼び止めて、千郷は水を一杯、持ってきてくれるように頼んだ。

「缶ビール、あるか？」

それに便乗して真砂が注文し、はいっ、と勢いよく若者が取りに走る。

「それで？」

ドタドタとやかましいその足音を聞きながら、真砂がさらに据わった目で先をうながしてきた。

「あの倉庫は空っぽで、まともに何かを隠せるような場所はない。取引だから、警察だってブツを探すはずだ。そうなったら、連中はどうすると思う？」

淡々とした問いに、真砂が眉をよせた。

「誰かに持たせて逃がす余裕はなかった。そのために早めに警察を行かせて、がっちり包囲させた。となれば、だ」

千郷がさらに続けると、ハッとしたように真砂が目を見開いた。

「おまえ、じゃあ……」

ようやく気づいたらしい真砂に、千郷は静かに微笑んだ。

チッ、と大きく舌を弾いて、真砂が盛大に身体を畳に投げ出すようにしてすわりこむ。

そこへ若者がお盆に缶ビールとグラス、それに水の入ったグラスをのせて、おずおずと入ってきた。

「こ、これでよろしいでしょうか…っ？」

と、緊張しながら差し出された缶ビールを引っつかむと、真砂はグラスを使わずにそのままグッと喉に落とした。

「ああ…、ありがとう」

千郷が穏やかにうなずいてやると、ホッとしたように若者が急いで部屋を出る。

ハーッ、と大きく息をついて、濡れた唇を拭ってから、真砂がどこかふてくされた様子で確認してきた。

「海の底から回収したのか？」

「ああ。沖に目立たないように小型船とダイバーを待たせていたからな」

簡単なことだった。そのまま持っていたとしても、捕まれば押収されるだけだ。むしろ持っていると、罪状がつく。隠し場所もなく、逃げ場もない状態で、一か八か、連中は海にブツを投げこむしかない。

品物——おそらくは拳銃も、金の方も。

それを見越して、千郷は回収させたのだ。

「……俺にも分け前をよこせ」

「ツメが甘いな」

憮然と要求してきた真砂に、水で喉を潤しながら、千郷はあっさりと言い返す。

真砂が、くそ…っ、と吠えるようにうめくと、だらしなく片肘を畳につき、ちらっと真正面の先代を見上げた。

「こーいうヤツっすよ？　俺には可愛くねーんだよなぁ…、ミツバチちゃんは」

ぶつぶつと遺影相手に文句を垂れる。

確かに、もともとは真砂の機動力だった。情報をつかみ、邪魔をしてやろう、というのは、稚気だったかもしれないが。爆発物関係の専門家《エキスパート》も抱えており、それをすぐさま行動に移す実行力。

それを耳にした千郷は、その上前をハネただけ、とも言える。

あらかじめ示し合わせていたわけでもないのに、こんなふうにおたがいが計画を補って結果を生むようなことは、これまでにも少なくなかった。

千郷には真砂の考えが読めるし、真砂が本能的に何かを察して、千郷のフォローを入れてくれることもある。

あらためて礼を言ったりすることはなかったが、こんなふうに真砂と仕事をするのは、案外、嫌いではなかった。

何もかも委ねていた先代とは違う。

真砂と寝ることで、そんな自分たちの対等な関係が変わってしまうとしたら、少し惜しい気がした。

真砂は、千郷を「所有物」とみなすのかもしれない。千郷に対して、仕事で手を抜くようになるのかもしれない。

あるいは本能的に、千郷はそれを避けているのかもしれなかった。

「ほんっと、オヤジさん…、あんた、大変なのを拾ってくれたよなぁ…」

ぼやくように言った真砂のグチを、千郷は褒め言葉として受けとっておくことにした。

◇　　◇

「あ…、千郷さん。どうも」

この日、千郷が顔を出したのは、半年ほど前にオープンさせた会員制のクラブだった。

夜の十時をまわったあたりで、黒服の立っている表ではなく裏口から車で入り、そのまま地下のマネージャー室へと下りていく。

千郷は、外を歩く時もたいてい一人だった。舎弟を連れ歩くような趣味もないし、千郷が使っている舎弟自体それほど多くはなく、それぞれに仕事を割り当てている。

風体からしてヤクザらしくない千郷だったので、連れ歩くことでヘタに悪目立ちしてしまう可能性もあった。

そもそも千郷には、決まったシマというものがないのだ。事務所にしているのは住んでいるマンションの下の階だったが、縄張りで言えば、今は真砂の担当する地域になっている。千郷がわざわざ顔を売って、示威行為をする必要はない。

みかじめ料だとか、不動産業だとか、あるいは風俗店だとかのような、その地域に密着した仕事を千郷はシノギにしていないので、特に問題はなかった。

そういう意味では、この会員制のクラブなどは、千郷の手がける初めての大きな店舗と言える。

表向きは高級クラブ——そして地下には、カジノが併設されていた。

ルーレット、バカラ、ポーカー、ブラックジャック。選ばれた人間だけが密やかに遊べる、セレブな場所だ。

このプライベート・カジノを企画したのは千郷だったが、実際の運営は戸張という男に任せていた。

千郷の右腕、と言えるのだろう。二十七歳で、千郷が先代から仕事を任された時、一番最初に、補佐にとつけてもらった男だ。

その当時はまだ二十歳を過ぎたくらいの若者で、一見、さわやかな大学生といった感じの男だった。さっぱりとした短めの髪に、何かスポーツでもやっていそうな引き締まった体格で、明るく人当たりもいい。

頭の回転もよく、いったいどういう経緯でヤクザに…、と疑問に思ったが、千郷も人のことを言える前歴ではない。あえて詮索することはしなかった。

『あっ…、蜂栖賀さんってヤクザっぽくないんですね。なんか、ちょっと安心しました』

どこか似た空気を感じたのだろうか。最初に会った時にも、そんなふうに頭をかいて笑っていたくらいだから、おそらく他のところでは馴染まなかったのだろう。使い走りをさせるにしても、浮いた雰囲気があったのかもしれない。

というか、戸張はもともと真砂の下にいた男だった。

千郷は真砂の組には体育会系っぽいイメージを抱いていたので、……まあ、そういう意味では戸張も似合わなくはないのだろうが、やはり少し陽気すぎるのかもしれなかった。

ただ戸張の明るさは、かなり無理をして作ってきたもののような気もしたが。それがいつの間にか、自分を覆う殻のように身についたというのか。

そして少し、頭がよすぎる。他の舎弟たちとは、微妙にテンポが合わなかったのかもしれない。

命令された以上のことを先回りしてやるのは、うまくハマればいいが、タイミングがずれると先輩たちから疎まれるものだ。

だがそういう回転の速さは、千郷にはありがたい。

俗にヤクザは、「利口じゃなれない、バカでもなれない。中途半端じゃ、なおなれない」というようなことを言われるが、それを体現しているのは真砂みたいな男で、自分や戸張などは本筋から外れているのだろう。

千郷は戸張と二人で企画を詰め、少しずつ仕事の規模を広げてきた。そしてその都度、必要な人材を集めてきた、というところだ。引きこもり気味のプログラマーだとか、ウェブデザイナーだとか。首になった元銀行員やら証券会社のディーラーやら。

彼らにもそれぞれ仕事を与えている。個人の裁量に任せている部分が多く、事務所に出てくる必要はなかった。彼らにとっては、大元の資金が出ているのがヤクザだったにしても、ヤクザに使われているという意識はないだろう。

古くからの幹部たちの中には、やはり自分に理解できない――実際に目に見えない形の仕事をうさん臭く思う者も多いようで、ヤクザらしくねぇ…、とぶつぶつ言っていた者もいたが、結局のところ、きっちりと稼げれば問題はないのだ。

ろくに挨拶もできず、年中伸びきったTシャツでパソコンの前にすわっている、髪もだらしなく伸びてもさっとした男が瞬く間に数百、数千万の金を稼ぎ出す。

そういう時代ってことさ…、と先代は笑っていたが。

自分に理解できないことを避けるのではなく、その部分はわかる人間に任せるだけの度量が先代にはあった。

戸張も今は数人の配下を使う身で、かなりいそがしくしているわけだが、千郷とは週に何度か顔を合わせて打ち合わせをしている。

軌道に乗り始めたとはいえ、オープンしてまだ半年で、千郷もたまに、このクラブには顔を出していた。

「今日は早いっすね」

液晶モニターが十台以上も並ぶ長いテーブルの前に腰を下ろしていた戸張が、ふり返って軽く頭を下げてくる。

以前はTシャツにジーンズという、どこにでもいる若者のラフな格好をしていた戸張だったが、さすがに今は肩書きでも高級クラブの支配人ということで、いくぶんシックなスーツ姿だ。とはいえ、堅苦しいのが苦手なようで、部屋の中では上は脱いでシャツの袖もまくり上げていたが。

同じテーブルの端の方で、もう少し若いのがようやく千郷に気づいたように、あわてて立ち上がり「お疲れ様っす!」と声を張り上げた。

戸張の使っている——ということは、千郷が使っているということでもあるが——源太《げんた》と呼ばれている二十二、三の男だ。

こちらは外に立っていた黒服と同じ衣装だった。バーの用心棒といった風情で、まだいくぶん身についていない感じだったが。

それに小さくうなずくようにしてから、千郷はおもむろにその二人の間にいる男に目をとめた。

「なんでおまえがいる?」

ゆったりと腕を組み、冷ややかに、戸張の横でテーブルに腰を預けるようにして立っていた男に尋ねる。

「や、そろそろミツバチちゃんの顔も見ておきたいと思ってな。週にいっぺんくらい口説いておかないと、俺の体調が悪い」

それに真砂が顎を撫でながらぬけぬけと言う。

確かに、先代の三回忌からちょうど一週間というところだ。

「な、そろそろ俺に抱かれたくならないか? こないだは結構、乗り気だったろ? あれ、まだ有効か?」

そうだ。電話の邪魔が入らなければ、うっかり乗せられていたかもしれない——。

「タイムアップだな。もう無効だ」

素っ気なく返しながら、千郷は少しだけ気を引き締める。

チッ、と真砂が舌打ちした。

そんなバカ話をしながら部屋を見まわすと、千郷が入ってきた戸口の脇にはあと二人、見覚えのある真砂の舎弟も立っていて、千郷の視線にカクカクと折れ曲がるような会釈をよこしてきた。

片方は確か、隆次という男で、戸張のツレだ。戸張が真砂のところにいた頃からの、同期の気安い仲間らしい。今でもよく二人で飲みに行っているようで、実際、そのルートで千郷もいろいろと真砂の足下の情報を聞いている。

この間の取引情報を戸張にもらしたのもこの男で、そのことで真砂にシメられたのなら気の毒だったな、と思っていたのだが。

しかしいくら同じ組の人間とはいえ、別の組員のシノギの場に顔を出すのは縄張りを荒らしているようなものである。上のバーに客として飲みに来るのならともかく、こんな裏家業の中枢の部屋に入りこんでいるなどと、なめてんのか、てめぇ、とヤクザ的に因縁をつけてもいいくらいだ。

やすやすと入れる戸張も問題で、……じろり、と視線を向けると、言いたいことはわかっているのだろう、すみません、というように首を縮めてみせた。

まあ、戸張にとっては、真砂は以前世話になっていた直属の兄貴分だ。何か大きなミスや確執があって放り出されたわけではなく、適材適所という感じで千郷がまわしてもらった形になる。

何か言われたら逆らえないところはあるのだろうし、戸張にはどうやら「真砂の兄貴と蜂栖賀さんとはきわどい冗談も言い合える気安い間柄なんだ」という、いささか間違った認識があるようだった。

それを訂正するには複雑な説明が必要で、千郷としても放っておくしかない。

まあ確かに、千郷が鳴神組の中で険悪な関係になく、まともにつきあっているのは、若頭の秀島と真砂くらいしかおらず、一面の真実とも言える。

なので、真砂の戯《ざ》れ言にも、戸張はへらへらと笑っていた。

言いたいことはいろいろとあったが、千郷もことさら反論しても徒労に終わることは学習していた。

「芸のない口説き文句は聞いたよ。それで用はすんだな。さっさとうせろ」

「おいおい、つれねぇなぁ……」

表情も変えずに言い放つと、真砂がむすっとうめいた。

「や、おまえがカジノをオープンさせたっていうからさー。ちょっと横抜きの防止と縦抜きの伝授とかもだな…」

「うちはまっとうな店だからな。縦抜きなんかするか。……横抜きの疑いがあるのか？

こんな早い段階で？」

グダグダと言い訳を始めたのを、千郷はバッサリと切って戸張に確認した。

縦抜きというのは、カジノがディーラーと組んだイカサマ、横抜きはディーラーと客が組んでカジノ側から金を巻き上げるイカサマだ。

「そんな客層じゃないはずだけどな」

千郷はわずかに目をすがめて、モニターに映るカジノの様子を眺めた。

客の入りはまずまずというところだろうか。どのテーブルにも客の姿はあるが、特にルーレットがにぎわっているようだった。いいことだ。ルーレットなどは、大勢で盛り上がるだけ、自分も賭けてみたくなる。その分、金も落としてくれる。

まあもちろん、そのにぎわいをもたせるように、ホステス代わりに盛り上げてくれる女や派手に遊んでいるサクラを時折、フロアに行かせているわけだが。

カメラは全体の他に各テーブル、そしてバーの出入り口や表の他、通路にも設置している。それをすべて、このマネージャー室でチェックできるようになっていた。

カジノのマネージャー室といった重厚さはなく、メタリックでスタイリッシュな十畳ほどのこのモニタールームは戸張の趣味だ。

その手前の隣室は普通にシックな応接室になっており、客とこみ入った話をする時などにも使う。……具体的にいえば、金の貸し借りとか——だ。

「ないですよ！　とんでもないっ」

千郷のつぶやきに、ぶるるるっ、と戸張が首をふった。

「ディーラーの子もきっちり素性は調べてますから、危ないつながりはないですし」

戸張自身が「危ないつながり」と言えるので、そのセリフは笑止だったが。

「けど、借金が結構かさんできてるヤツもいるみたいだけどな。――ほら…、バカラの席にいる七三の男」

真砂が何気ない様子でモニターの一つを顎で指した。

「うちの客だ」

言いながら無造作にポケットからタバコを取り出した真砂の前に、素早く隆次がライターで火を差し出している。

いいかげん見慣れた光景ではあるが、千郷にとってはいまだにそのタテ社会というのか、空気感には馴染めない。

ただ、八年前は真砂がこんなふうに先代に火を用意していたな…、と思うと、妙におかしくなる。いや、もちろん、今でも若頭とか目上の人間であれば、真砂が火をつけてやることはあるのだろうが。千郷にしても、真砂にはしないが、若頭にならば気を配る。

千郷にとってこの八年は、本当に人生が変わった八年だった。そして真砂にとっても、やはり出世の段階をきっちりと着実に上ってきた八年だったのだろう。

本当は、自分のような素人に肩を並べられるのは不本意なはずだ。飽きずにちょっかいをかけてくるのも、あるいは自分の支配下に置きたい、という単純な欲求なのかもしれない。

「……なんだ？」

そんな千郷の表情に、真砂がちょっと怪訝そうに首をかしげる。

「いや。しかし、おまえのところで金を借りるような筋の悪いのがうちの会員にいるのか？　それも問題だな」

表向きは会員制の高級クラブで——実際はカジノの遊び仲間というわけだが、海外で遊び慣れたどこぞの社長さんやら、御曹司やら、著名人やらと、普通の会社員では会員になれないシステムになっている。新しく会員になる場合には、現会員の推薦とクラブ側の審査が必要だった。

サラリーマンでも、大手の銀行員や証券マンといった高給取りな連中か、あるいは特定の機密に関われる立場の人間。政治家、もしくは政治家秘書。

要するに、担保として、こちら側になんらかの利益をもたらす情報を有している人間などだ。

特に資産状況は事前にきっちりと調べているはずだった。借金が払えないからといって生命保険をかけて死なせたり、臓器売買にまで手を出すつもりはない。

……まあ、そのへんがまだ甘いと言われるところかもしれないが、千郷の考えとしては、一気に大金を稼がなくても、生かさず殺さず、長く搾《しぼ》り取れる方が結局は安全で確実だと思っている。

「え…、マジっすかっ？」

真砂の言葉に、あせったように戸張が声を上げた。

「チェックが甘いんじゃないのか？」

「すみません」

冷ややかな千郷の指摘に、戸張が頭をかいてあやまった。

「……うわー、マジかよ……。チェックもれか…？」

あわててパソコンに向き直って、カチャカチャと確認しているようだ。

「そんなに筋の悪い客じゃねぇよ。うちの消費者金融だってピンキリだからな。……あ、灰皿どこだ？」

白くなった灰が今にも落ちそうで、真砂が眉をよせて尋ねた。あっ、とそれに呼応するように、舎弟たちがあわててきょろきょろとあたりを見まわす。

あっちあっち、と言うように、戸張がこっそりと隆次に指で隣室を示していたが、あいにくあせっている隆次に気づいた様子はない。

「ここにはないぞ。誰も吸わないからな」

「おまえらは吸わなくても、客で吸うやつもいるだろうが」

冷たく言った千郷に、真砂が常識的な言葉を返してくる。

用意はあるはずだ、と。

「……隣にはある」

チッ、と内心で舌を打って憮然と答えた千郷に、隆次がようやく気づいたらしく、あわてて隣の応接室からクリスタルの灰皿をとってもどってくると、「どっ、どうぞっ!」とものすごい勢いで真砂の前に突き出した。

その手際の悪さにか、いくぶん顔をしかめてから灰を落とし、真砂が続けた。

「ただこの間、あのオヤジが五百万だかの借金を申し込んできたんでな…。若い愛人でもできたのかと思ってたら、おまえんとこで遊ぶためだったってだけで」

「だったら感謝しろ。客をまわしてやってるんだろうが」

あっさりと言いながらいつまでもずっと、真砂の前で灰皿を捧げ持ったまま動かない隆次が気にかかり、千郷は短いため息をつくと、ひょいとその灰皿を取り上げてモニターの前のテーブルにのせてやった。

ちょっと驚いたように、ど、どもっ、とほんの小さな声で言うとペコペコと頭を下げて隆次が所定の——なのか——もとの位置にもどる。

「てゆーか、もっと積極的に客、まわせよなー」

ぶちぶちと不満げに言った真砂に、千郷はさらりと返した。

「考えてもいいけどな」

「お？　マジか？」

「うちの回収、おまえのところで請け負ってくれたらな」

わずかに目を見開いた真砂に、千郷はすまして答えた。

千郷はこのカジノで金貸しをしているわけではなかったが、「ツケ」のような形でその夜に遊ぶ金を融通することはある。相手の資産状況に応じて、数十万から数百万、とりっぱぐれがないと判断できる金額だが、やはり返済を渋る客は出てくる。勝ったらまとめて返すからさ、というのが決まり文句で。

カジノをオープンさせて半年で、客の方も慣れてきたのか、そろそろそういったケースが目につき始めていた。

面倒な金の回収作業は、やはり真砂の組が得意だろう。

「その協力体制があるのなら、客をおまえの店にまわしてやるよ」

おたがいに悪くない条件のはずだ。めぐって鳴神組の収益にもなる。

うかがうように真砂を見上げ、いくぶん意味ありげに手を伸ばして男の吸っていたタバコを唇から奪いとった。

短くなっていたタバコをひとふかししただけで、千郷は灰皿でもみ消す。

「リスト、まわしてこいよ」

にやりと笑って、真砂が答えた。そしていくぶん皮肉めいた調子で続ける。

「何にしても、おまえんとこは繁盛しているようで結構なことだなァ…。こっちのシノギはいろいろと規制が厳しくなってるっていうのにな」

「おかげさまでね」

「あんまり派手にやると目をつけられるぞ」

「ここでやるのはせいぜい二年だな。そのあとは場所を移す」

淡々と言った千郷に、ふむ…、と真砂がうなずいた。

儲かっているからといってずるずると同じ場所で続けていると、いずれ刺される。警察にか、あるいは同業者にか。見極めが重要だった。

「そういや、戸張ぃ…。この間はずいぶんなめたマネ、してくれたよなぁ」

と、ふいに思い出したようにねっとりした口調で言うと、真砂が空いた手をだらりと伸ばし、いかにも馴れ馴れしく戸張の肩にまわした。グキッと腕を曲げて、なかば首を絞めるようにする。

ちろっと千郷を横目にしたところを見ると、どうやら例の件らしい。

ほとんど同罪の隆次も、後ろでヒッ、と息を呑んだ。

「――ちょっ…、わっ……、――な、なんのことっすか、真砂さん…？」

戸張もさすがに思い当たったのだろう、いくぶん頬を引きつらせながらも愛想笑いを返している。

「おまえ、俺が野添《のぞえ》の取引の情報をつかんだの、隆次から聞いたんだろ？　そいで、それを千郷にしゃべったんだよなぁ？」

優しげな口調で、ペチペチと軽く戸張の頬をたたく。まったくヤクザ的な脅しだ。

野添というのが、この間、千郷が金とブツをかっさらった山沖組の幹部の一人だ。実質、取引を仕切っていた男である。

麻薬や銃の闇取引、臓器売買、と金になることなら何にでも手を出し、自殺に追いこんだ人間は片手にあまる。父親の借金のカタに娘を拉致《らち》し、さんざん自分がオモチャにしたあげくに、泡風呂に沈めるようなこともしょっちゅうだと聞いている。

山沖組でも実は持て余しているんじゃないかと言われている、狂犬のような男だ。

結局あのあとは、警察の捜索でも金やブツは出なかったわけで、いったん警察に連行された野添たちもそろそろ出てきているはずだった。ウクライナ人たちとあんな場所であんな時間に顔を合わせていたこと、さらには爆発騒ぎをどう申し開きしたのかは知らないが（いや、爆発騒ぎについては、知らないとしか言いようもないはずだが）、まあ、顧問弁護士もついているだろう。

しかし取引が失敗したことは間違いなく、金も失い、山沖組の中での野添の面目は丸潰れになったはずだ。おそらく海もこっそりとさらっているだろうが、あのあたりは潮の流れも速い場所だ。あきらめてもらうしかない。

あのあと、海沿いで身元不明の外国人の遺体が二つ見つかったとニュースで見たが、おそらくは野添が親分に釈明するために、責任を相手方にすべておっかぶせて消したのだろう。野添らしいやり口だ。

「そ、そんな……まさか」

必死にあえぐように戸張は答えながらも、ちらちらと助けを求めるように千郷を横目に見上げてくる。

「真砂…、うちのをいびるな」

そしてこちらもあからさまなやり方に、千郷は大きなため息をついた。

「ブツはおまえに渡す。どうせ俺にはさばくルートもないからな」

取引の品物はやはり拳銃だった。千郷はまったくくわしくなかったが、ガンマニアらしい源太によるとCZ75のコピーモデルらしい。売れば結構な金になるものだろうが、千郷にはどう扱いようもない。

真砂ならば、金に換えるやり方も知っているし、……もしかすると、自分がいざという時のために保管しておくのかもしれないが。

「そうそう…、いい子だな。つーか、半分は俺の仕事だからな。当然だ」

腕を組み、ふんぞり返って真砂が言う。

「元手もかかってるしな。回収くらいさせろ」

元手といっても、爆弾代くらいのはずだ。

千郷が視線だけで指示を出すと、戸張がぎくしゃくと立ち上がって、奥のサイドテーブルのあたりへ向かった。プリンターがのせてある、キャスター付きのチェストだ。

ちらっと尋ねるように上がった視線に、千郷はうなずいた。

戸張がそのチェストを横へ押しのけると床へ膝をつき、敷いてあったラグを剥《は》ぎ取る。そしてカッターの先をいきなり床に突き刺すと、一気に五十センチ四方くらいのフローリングをめくり上げた。

うおっ、と小さく声をもらしたのは、真砂の舎弟だ。真砂自身は、ふーん…、というように顎を撫でている。

戸張はその地下収納から小ぶりなキャリーケースを引っ張り出すと、押し出すようにしてこちらに転がしてきた。

千郷が顎で真砂の方を指すと、そのまま真砂の前に据え置く。

「始めからそれが目的で来たんだろうが。つまらない言い訳をする必要はない」

口説きに来ただの何だのと。

ふん…、と千郷は鼻を鳴らした。

気にしていないつもりだったが、なんとなくおもしろくない。……そしてそんな自分の気持ちが、妙に悔しい。

「拗《す》ねるなよ。おまえの顔を見に来たのはホントだろ」

にやにやと満足そうに真砂が言った。

そしてそれを無造作に足で舎弟の方に蹴り出すと、二人があわてて倒れそうになったキャリーケースを手を伸ばして受け止める。

……別に拗ねてなどいないっ。

と、思わず内心でうなったが、わざわざ口に出すとムキになっているようで、千郷はあえて無視した。そしてちょっと首をかしげる。

「中を確かめなくていいのか？」

「こんなことでおまえを疑いやしねーよ」

耳をほじりながら真砂が言うと、さらりと続けた。

「おまえがヘタにさばくとアシがつくしな。野添に知られると面倒だ」

どうやらそのあたりも心配してくれていたらしい。……まあ、そうなると真砂にとっても面倒になる、ということだろうが。

そしてちらっとモニターを横目にした真砂が見覚えのある顔を見つけたらしく、ふーん…、と小さくうなった。

「コイツもおまえの客か…」

つぶやきながら、側の空いていた回転イスにまたがるように腰を下ろす。

ルーレットのテーブルを囲む客のようだ。

こいつも、ということは、真砂の客でもあるらしい。

「ずいぶんと俺はおまえのシノギに貢献しているようだな?」

拳銃のことも含め、あからさまに皮肉な口調で言うと、真砂がにやりと笑った。

「おたがいさまだろ。……だからさ。鳴神組の繁栄のためにも、そろそろもっと深く理解し合う頃だと思うんだがなぁ?」

どこかとぼけた言い方だったが、その意味ははっきりしている。

「組の繁栄を考えるんなら、俺にかまっているヒマなんかないだろう。自分の仕事をしろよ」

何気ない様子でモニター越しにフロアの様子を眺めながら、千郷は素っ気なく言い返した。

「いーや。おまえを落とすのが最優先事項だ。おまえにふらふらされると、それだけでやっかいなんだよ」

「……やっかい?」

真砂の言い方に千郷はわずかに眉をよせ、男を横目ににらんだ。

そんなふうに言われる理由はない。第一。

「ふらふらしているつもりはないが？　シノギはきっちりと上げて、上納金もそれなりの額を納めているはずだ」

真砂が軽く肩をすくめた。

「だからよけいだろ。おまえがオヤジにぞっこんだったのは周知の事実だからな。オヤジが死んで、……あぁ、誰かの言い草じゃねぇが、誰が後釜にすわるかでみんなそわそわしてんだよ。誰がおまえを…、おまえのシノギごと手に入れられるか——ってな。うちの連中も、面倒なことに他の組の連中も、隙をうかがってやがる」

千郷は一瞬、あっけにとられるように言葉を失い、そして体中から力が抜けるみたいに息を吐いた。

「バカバカしい…」

「おまえ、一生さん…、組長との盃、まだ交わしてないだろ？」

しかし淡々と指摘され、千郷は押し黙ってしまう。

先代の死後、跡目を継いだ一生と、鳴神組の主だった幹部たちはあらためて親子の盃を取り交わしていた。

だがその中で千郷は一人、盃を受けなかった。

『申し訳ありません。まだ気持ちの整理がつきませんので。ただ、組と組長のために一命を賭《と》して働かせていただく覚悟に変わりはありません』

そんなふうに弁解した千郷に、一生は特に表情も変えず、わかった、とうなずいただけだった。

若頭の秀島も、まあ、いいだろ、と言ってくれたが、しかしその生意気で分をわきまえない言葉に他の幹部たちからは怒号が浴びせられ、さらに敵視されたことは間違いない。

それだけに、彼らが自分を欲しがるとは到底思えなかったが。

「幹部連中にも建前と本音があるからな。おまえのシノギが手に入るんなら、男を抱くくらい屁でもないだろうぜ。実は好きなヤツだって少なくない。つーか、先代が惚《ほ》れこんでたおまえを試してみたいってヤツらは結構いるんだよ。三回忌が終わって、そろそろ本格的に手を回し始める頃だ」

「誰にでもなびくわけじゃない。俺が先代に抱かれてたのは、先代だったからだ。狸《たぬき》オヤジ連中に興味はないよ」

千郷は軽く首をふった。

が、真砂はまっすぐに千郷を見つめたまま続けた。

「本人じゃなくても、おまえを満足させられそうなやつらを選りすぐって送りこんでくる。少なくとも、それを考える。他の組の連中なら、力ずくでまずはカラダを落としゃいいって短絡的に走るヤツらも出てくるだろう。めんどくさくなるってことだよ。……だから、さっさと俺に落ちとけ、って言ってんの」

真砂がイスにすわったままキャスターを転がして千郷に近づいてくると、ふっと腕を伸ばして指先で千郷の頬を撫でる。そしてささやくように、低い声で言った。

「おまえの価値もわかってない連中に、今さら渡せるか」

どこか艶《つや》めいた、色気のある声にゾクリ…、と肌が震える。

熱い視線に絡めとられるようだった。

それでも引き剥がすように視線をそらし、千郷は男の指を無造作に払い落とした。

「で、おまえも俺を取りこみたいってわけか？」

唇に皮肉な笑みを刻んで、聞き返してやる。

――結局はおまえも他の連中と同じだろう？　と。

シノギが欲しいだけ。千郷を自分の「女」にして、支配下に置きたいだけ。

しかしそれに、真砂はさらりと答えた。

「俺はおまえを裏切らない」

ビクッと、瞬間、千郷は身体を震わせた。目を閉じて、そっと息を吐く。

初めて会った日に、先代に言われた言葉――。

真砂ももちろん、それを意識しているのだろう。それを引き継ぐみたいに。

言葉通り、先代が千郷を裏切ることはなかった。……ただ、千郷を残してあっさりと一人で逝ってしまったことをのぞけば。

だが先代は、「組長」だった。組織のトップだ。鳴神組の中では、もはや競う必要はなかった。

しかし真砂は違う。これからさらに這い上がり、成り上がっていく男で、千郷とは同僚であり、ライバル関係になる。

「どうだかな…。ヤクザの世界も官庁と同じくらい生存競争の激しい世界だ」

千郷は何気ない様子で肩をすくめてみせる。

取りこむのが無理なら、蹴落としていくべき存在だ。その足の引っ張り合いも熾烈《しれつ》を極める。それこそ、命がけで。

「だが仁義はある」

「最近のヤクザはそうでもないだろう。スレてきてるからな」

どこか皮肉めいた思いで、千郷はひっそりと笑った。

「そういうのはヤクザとは言わねぇんだよ。ただのクサレ外道ってヤツだ」

わずかに顔をしかめ、吐き出すように真砂が言った。

「もし俺がおまえを裏切ったら、殺していいさ」

そしてさらりと何気ない様子で、しかしその目はまっすぐに千郷を見ていた。

千郷は無意識に乾いていた唇をなめる。

「そうだな…。まあ、本当に他にもおまえみたいなもの好きが増えてくるようなら、考えてやるよ」

受け流すみたいにして、千郷は大きなため息をついてみせた。

そう、実際にはそこまで大きな問題にはならない。千郷にはそれがわかっていた。

軽口の応酬のようで、しかし自分たちのボスのどこか緊迫した雰囲気に、部屋の中の空気も妙に張りつめていた。

本気っ？　本気なのかっ？　とでも誰かに聞きたげに、きょろきょろと戸張の視線が落ち着かない。

部屋にいる他の舎弟たちも、まったく聞いていませんっ、という無関心な素振りで、しかし全身が耳になっているのだろう。源太などはまっすぐに、不自然なほど頑なに目の前のモニターをにらみながらも、唾を飲みこんでいるのがわかる。

ある意味きわどい会話だったが、こんなふうに傍目を……舎弟たちの存在を気にしなくなったのは、良くも悪くも、ヤクザの流儀に慣れてしまったということかもしれない。

ちょっとため息をついた、その時だった。

見覚えのある顔がちらりと視界を横切り、一瞬遅れて、ハッと千郷はモニターに視線を向けた。

「おい…、そこ。ルーレット、ちょっと拡大してくれ」

「え？　あ…、はい」

無意識に身を乗り出すようにして千郷が指示するのに、戸張がキーを操作してモニター画面を拡大した。

「ストライプのスーツの男だ。……そう」

千郷の指示通りに戸張がカメラをよせ、千郷は息をつめるようにしてルーレットに興じる男の顔を見つめた。

「……千郷？　どうした？」

ん？　というように、真砂が横からのぞきこんでくる。そして、ああ…、と鼻でうなった。

「香村《こうむら》だろ？　さっき言ってたうちの新規の客」

——真砂の……客？

つまり、香村には借金がある、ということだ。

想像ができなかった。だが、そもそもカジノに来るというイメージがなかった。

「あの男、いくらくらい借りてるんだ？」

はやるような気持ちを抑えつけ、強いて何気なく尋ねた千郷に、三百万、と短く答えが返る。

「もっともうちだけならな」

と、つけ加えたところをみると、どうやら他の裏金融からも借り入れがあるようだ。データがまわってきているのだろう。

そっと息を吸いこんでから、千郷は興味を失ったふりでモニターから視線を引き剥がし、あえてうっとうしそうな調子で言った。

「やっぱりうちがおまえに客をまわしてるんじゃないか。……ほら、ソレ持ってさっさと帰れよ。人の商売の邪魔をするな。人相の悪い男がうろつく場所じゃないからな」

冷淡に言うと、ハイハイ、と真砂が片手を上げ、ようやく重い腰を上げる。その後ろから、隆次がちょこっと頭を下げ、キャリーバッグを引っ張りながらついていく。

真砂の背中を見送り、ドアが閉じたのを確かめてから、千郷は再びモニターに視線をもどした。

八年ぶり——だが、間違いない。

千郷をハメた、かつての同僚だった。

◇　◇

八年前——。

千郷は財務省に籍を置いていた、いわゆるキャリアの財務官僚だった。

入省して二年目の冬。まだまだ新人ではあったが、新進気鋭という意気込みはあっただろうか。

配属されたのは大臣官房総合政策課で、仕事にもようやく慣れ、気安い友人もでき、いそがしいなりにやり甲斐のある毎日だった。

確かに官僚といえば、結局のところ最終的に一つしかないトップのポスト――「事務次官」をめぐって、入省と同時に熾烈な争いを繰り広げていくことになる。今まで小さい頃から神童だ、秀才だともてはやされてきた者たちばかりが集まるような場所だ。何年組とひとくくりに番号をふられる同期入省組の中で、どう戦っていくのか。どう生き残っていくのか。

ほんのちょっとした判断、ちょっとした人脈、ちょっとした運が命運を分ける。年を追うごとに次々と脱落し、あるいは戦いに敗れ、肩をたたかれるようにして天下りしていく先輩の背中をすでに何人も見た。

庁内の薄暗い部分を密やかに飛びまわる流言や怪文書。悪意のある噂話。めまぐるしく変わる勢力分布。

その厳しさを間近に見て、すごい世界だな…、とため息をつきつつ、あれが十年、二十年後の自分の姿だろうか、と、まだなかば他人事のように眺めていたのだ。

そのひと月ほど前、千郷は親しくつきあっていた同期の香村秀人《ひでと》という友人に誘われて飲みに行った。

同期というのは、出世争いのライバルであると同時に、同じ愚痴の言える戦友でもあり、逆に早々に生存競争から弾き出されないためにも結束が必要となってくるという、なかなか複雑な関係だ。

役人にとっては人事がすべてとはいえ、千郷は同期の中で何が抜きん出ていたわけでなく、特別な人脈があったわけでもない。大出世を望んでいたわけではなく、いずれ巧妙に足を引っ張られるようなことがあるにしても、まだそんなどろどろとした世界にとりこまれるには早く、毎日の仕事に忙殺されるだけだった。

……甘かった、といえば、それだけのことかもしれない。

香村に連れて行かれた店はうまいと評判のフレンチ・レストランで、そこそこの高級店だったのは確かだ。

『この前、ほら、数字出してもらうのに世話になったしさ。もうすぐ誕生日だろ？　その前祝いだよ』

そんな言葉で、支払いは任せろと香村が太っ腹に言っていた。高そうなワインも躊躇なくボトルで頼んでいたので、大丈夫か？　とさすがに不安になって聞いたくらいだ。

そして食事が始まる前になって、たまたま香村の知り合いだという数人のグループとかち合い、合流することになった。

食事自体は楽しいものだった。彼らは大学のＯＢだとかで、一般企業での苦労話などもおもしろく聞かせてもらった。

千郷も香村も日本の最高学府と言われる大学の出身だったが、学部は違っていた。千郷は経済、香村は法学部だ。香村のことも、大学時代は顔を知っていた、というくらいだった。

石を投げれば秀才にしか当たらない場所だったわけだが、香村は中でもひときわ優秀な学生として名を知られていて、卒業時は法学部の総代を務めるほどだった。つまり、おそらくは「全優」の成績だったということだ。

その日に会った男たちも法学部のＯＢらしく、千郷は初対面だった。

勧められるままに酒を飲みすぎ、翌日が二日酔い気味だったことをのぞけば、何の問題もない出来事だった。

しかしその夜のことも忘れかけていたくらいの頃、千郷はいきなり上司に呼び出され、数枚の写真を見せられた。隠し撮りされたらしい、この食事の時の様子だ。

そして、信じられないことを告げられた。

その写真が「官僚接待」のスキャンダル記事として雑誌に載る予定だ、と。

しかもその一枚はテーブルの上に分厚い封筒が置かれたもので、いかにも贈収賄《ぞうしゅうわい》の現場だと言わんばかりの状況だった。

高いワインを数本空け、この夜はかなり酔っていて、千郷もよく覚えてはいなかったが、その封筒が金でなかったのは確かだ。ぼんやりと香村の昔の写真を見て笑っていたことを覚えているので、おそらくそれが束になって入っていたのだろう。

見せられた「証拠写真」には、相手方の男たちと千郷しか写っていない。角度の問題か、隣にすわっていたはずの香村の姿は、影だけか、スーツの腕や肩のあたりが見え隠れしているくらいだった。

千郷は愕然《がくぜん》とし、必死に状況を説明した。香村も呼ばれ、たまたま一緒になっただけだと訴えてくれた。

しかしその時の支払いについて聞かれると、香村はとたんにうろたえた。先輩がおごってくれるというので、つい甘えてしまった、と。

上司にとってみればこんな写真が出ること自体が問題で、千郷たちの言い分が正しかろうと嘘《うそ》だろうと、同じことだったのだろう。結局、国民には言い訳としか受けとられない。贈収賄の疑惑にしても、確定的に見られる。

少し前に他の省がすっぱ抜かれたおかげで、官僚接待についての風当たりが強い時期だけに、こんな問題が出たらさらにたたかれることは目に見えていた。上司は訓告なり減給なりのの処罰を受け、出世レースからは一気に脱落する。他の部署にも飛び火し、財務省全体に監査がかかる可能性もある。

上司は千郷に辞表を書くよう、言外に匂わせた。記事が出る前に、すでに辞めた人間だと言い訳できるように、だ。

『このまいても君にとっては不本意な部署に移ってもらうことになるだろうしね』

そんな脅しのような言葉とともに。

理不尽な言葉に憤りを抑えられなかったが、千郷にもプライドはあった。まわりからの冷ややかな、侮蔑の目に耐えて閑職でイスを温めるような真似はできなかった。

自分が食事に誘ったせいで、と香村はうなだれて、何度も頭を下げてあやまった。顔が写っていなかったこともあって、香村に処罰が下ることはなかった。もともと悪いことをしているわけでもないのだ。

騒ぎを大きくして、香村を道連れにすることはできなかった。

運が悪かった…、とその時は思ったのだ。

しかし言われるままに辞表を提出し、官庁を去ってからひと月後。別の同僚から連絡があって、話があるというので会うことになった。

「なんにも知らないままじゃ、あんまりだからさ」

そんな言葉で、事実を教えられた。

初めからあの会食は仕組まれていたのだ——と。最適な場所が選ばれ、カメラマンが用意されて、いかにもそう見えるような写真が撮られたのだ。千郷を辞職に追いこむことが目的だったから、実際に写真が週刊誌に出ることもなかった。

仕組んだのは、香村だ。

千郷が退官した理由は、一身上の都合とだけ届け出されている。写真については上層部の数名だけしか知らず、同期の友人たちは突然辞めた千郷を訝《いぶか》っていた。

同期で飲みに行ってもしばらくは千郷のことが話題に上っていたらしい。

『結局、世間知らずだったってことさ。バカだよなぁ…、アイツ』

仲がよかったはずの千郷の話題をことさら避け、酔ってそんなふうに吐き捨てた香村の言葉に違和感を覚えて、その元同僚はちょっと調べてみたという。

例の収賄疑惑が出た写真の存在を知り、香村と同じ法学部の出身だった彼は、相手方のＯＢとも面識がある。さりげなく接触してうまく話を聞き出したようだった。そのＯＢにしても、香村は将来の財務次官候補、悪くても局長クラスの人材だ。取り入っておいて間違いない相手として協力したのだろう。

それを聞いた時は、さすがにすぐには信じられなかった。それでも順を追ってあの時の状況を考えていくと、確かに違和感は感じていたのだ。

ふだんさほど飲む方ではないと知っている千郷に、香村はあの夜、やけにしつこく酒を勧めてきた。それもかなり高いワインを。誕生祝いも兼ねてるからさ、と言われたが、千郷の誕生日はまだ先だった。

そしてあの封筒も、不自然だった。あの時は心地よく酔っていて、ほとんど考えることもなかったけれど。

そう、偶然にあのレストランで会ったはずのＯＢたちが、やはり偶然に香村と一緒に撮った大学時代の写真を持っていたというのは都合がよすぎる。いろいろと説明をつけてはいたが。

——では、やはり香村は……？

体中が震えるような怒りと悔しさが湧き上がってきた。

すぐに本人に問いただし、理由が聞きたかった。

同期では一番親しくつきあっていた男だ。友人だと思っていた。

——どうして俺を……？

その疑問ととまどいで混乱する。

確かに、自分たちも同期のライバルと言える関係だっただろう。しかし香村は国家公務員試験をトップで通過した男だった。さらに司法試験もトップ合格しており、法学部総代とあわせて、いわゆる「トリプル・クラウン」の偉業を達成している。

千郷の目から見ても、すごいな…、と感心するしかない男で、正直なところ、この男と争うことなど、ほとんど考えられなかった。

だから入省後、そんな男が自分に気さくに声をかけてくれたのがうれしかったのだ。

『俺、敬遠されがちであんまり友達できないんだよなぁ…』

そんなふうにちょっと照れたように言われ、よくつるむようになっていた。

香村は主計局の所属だったが――初めから出世コースだったわけだ。実際に将来を嘱望され、一年目からバリバリと働いていた――よく昼を一緒に食べたり、たまに飲みに行ったりしていた。

「おまえら、仲がいいと思ってたんだけどな…。俺もちょっとショックだったよ」

千郷に香村のことを告げた元同僚はため息混じりに言うと、ポン、と千郷の肩をたたいた。

「ま、こういう世界だしな。財務省っていっても大蔵時代ほど権力もないし、おまえなら民間でも十分、やっていけるさ。案外、そっちの方が合ってるかもしれないぞ」

慰めるみたいにそう言うと、元気でな、と手をふって帰っていく。

しかし千郷は、しばらく喫茶店のイスから立つこともできなかった。

信じられなくて――信じたくなくて。混乱して。

とにかく、本人に話を聞かなければ、と思った。香村の言い分を。

携帯の番号は知っていたが、電話だと表情がわからない。直接、会って話したかった。

それも、電話をしてあらかじめ約束するより、言い訳を考えさせないようにそのまま訪ねる方がいい。

そう思ってこの夜、千郷はある店に夕食をとりに入った。

カジュアルな創作和食の店だが、酒の種類も日本酒に限らず豊富にあって、半個室といった感じにテーブルごとに仕切られていた。

香村の行きつけで、千郷も何度か一緒に来たことがあったが、香村は週末、金曜の夜はここで食事をしていくことが多かった。この日に会えなくても、つかまるまで金曜ごとに来てみるつもりでいた。

千郷は七時過ぎに店に入ると、入り口がかいま見えるテーブルにつき、細めの格子戸の間から客が来るたびに確認していった。

そして一時間ほどたった頃だろうか。扉の開く音に顔を上げた千郷は、思わず息をつめた。

香村だ。やはり顔見知りである同僚と二人連れだった。とっさに顔を背け、二人が中へ入ってくる気配をじっと追いかける。

金曜の夜だ。そこそこ混んでいる店内で、二人が通されたのはちょうど客が出た、千郷の隣、一つ奥のテーブルだった。

香村が来たら、出る時を待ってあとを追おうと思っていた。さすがに店内で言い合いになるのは避けた方がいいだろうし、同僚に聞かせたい話でもない。

自分たちの間だけで、納得のできる説明が聞きたかった。

個室の間を隔てているのは上半身を覆うくらいの薄い障子の仕切り一枚で、テーブルから下や、天井の方、さらに壁際や廊下側にも隙間はあるので、聞こうと思えば隣の会話は普通に耳に入ってくる。

香村はテーブルにつくとすぐに、おしぼりを持ってきた店員に、馴染み客らしく「とりあえず」の注文をメニューを見ることもなくいくつか出した。ビールとちょっとしたおつまみ、それに香村のお気に入りらしい海鮮の堅焼きそばを、相変わらずの早口で伝える。

自分とここに来ていた時にも同じものを頼んでいたのを思い出すと、重く何かが胸にのしかかってくるようだった。

自分を抑えるようにそっと深呼吸して、千郷はウーロン茶のお代わりと適当な追加注文を出す。無意識に声を抑えるようにしていたが、隣など気にしていなければいないも同じだろう。

ふたりの会話は、やはり仕事の愚痴が大半のようだった。上司への不満、そして新しく入ってきた後輩への不満。部下のノンキャリアへの不満。

自分が中にいた時には気づかなかったが、端で聞いているとかなり傲慢《ごうまん》な匂いもあり、とても民間人に聞かせたいような内容ではない。

そして酒が少し入ってくると、来年の人事についての駆け引きめいた話題になってくる。財務省の若手キャリアだと、ほぼ二年周期で異動がある。同期のあいつはどこへ行きそうだとか、どこへ飛ばされるんじゃないか、とか。先輩のあの人は今年どこへ行ったとか。

「おまえは関東財務局あたりか？」

「そうだな…、できればその次の年には海外留学に行っときたいな」

同僚の言葉に、香村がさらりと口にする。頭の中では自分の歩むコースがきっちりと設計されているのだろう。

「……ああ、そういや、蜂栖賀って辞めたんだって？　えらい早い転身だったよな。

……っていうかアイツ、何やったの？」

と、ふいに思い出したように尋ねる同僚の男が声が聞こえ、一瞬、千郷はドキリとする。

どこかうかがうような調子なのは、香村が千郷と仲がよかった分、何か知っているだろうと思っているのかもしれない。

しかしそれに、香村はいらだたしく舌を弾いた。

「もう言うなよ、あいつのことは。初めから目障りだったんだよ！」

吐き捨てるように放たれた言葉が耳に突き刺さった。息が止まるかと思った。

──目障り……だったのか？

それもわからず、自分がつきまとっていたように感じていたのだろうか……。

そう思うと、たまらず千郷はテーブルの上で拳を握りしめる。

「え…、でもおまえたち、よくつるんでただろう？　蜂栖賀は人当たりいいヤツだし、意外とおもしろい人脈あったし。つきあって損はない男だと思ってたけどな」

そんな言葉に薄く笑ってしまう。さすが財務官僚らしく、人づきあいもきっちりと損得勘定をしていたわけだ。……千郷が中にいた時には気づかなかったが。

やっぱり甘かったんだな…、と今さらに思う。おたがいに相手の腹の内を読み合う、うわべだけのつきあいだとわかっていたはずなのに。

「あいつはさ…！」

しかしそんな同僚の声をさえぎるようにして、香村が声を上げた。ドン、とビールのグラスだろうか、テーブルにたたきつけるような音がビクッとわずかに身を縮ませる。

大きな息をついて、香村がどこか絞り出すような口調で言った。

「聞いたことあったんだよ。あいつ、大学時代に先輩に色目つかってたって。男の先輩にな。なんか……、俺に気があったみたいで」

聞こえてきたそんな言葉に、千郷は瞬間、凍りついた。頭の中が真っ白になる。

あの先輩のことは自分から誘ったわけではなかった。が、噂話が伝言されるうちに歪曲されるのはよくある話なのだろう。

だがそれが香村の耳に入っていて、そんなふうに思われていたとは考えたこともなかった。そんな素振りを見せたこともない。

「へー…、マジ？」

どこかほうけたように同僚が返した声もひどく遠かった。

体中がガクガクと震えてくる。

そんな……そんなことは……。

香村のことを、そういう相手として意識したことはなかった。つもりだった。

だが、そんなふうに見えたのだろうか……？

「気味悪かったんだよ。いなくなってせいせいしたってとこだ」

香村の声が、えぐるように心臓を突き抜けていく。

知らず呼吸が荒くなった。何も考えられなかった。

――それが、理由なのか……？

自意識過剰だ、と言い返してやることはできたはずだ。千郷としては、友人という以上のつもりはなかったから。それ以上を求めたこともない。期待していたわけでもない。

……しかし、もうどうでもいいような気がした。

香村と過ごした時間は楽しかった。千郷の中では、楽しいものだった。

残業続きのいそがしい合間に一緒に飲んだり、カラオケをしたり、日々報じられる予算関係の話や、外交問題について意見を戦わせてみたり。

そんなことがすべて、自分の独りよがりだったのだ……と、思い知らされたのだ。

千郷が辞める時、泣いてあやまってくれた香村の姿がまだ記憶に焼きついている。

だがあれも…、すべて芝居だったということだ。早く消えろ、と心の中であざ笑い、舌を出していた。

それもわからなかった自分がバカだったのだ。

絶望が、体中に染み渡っていく。あの男にもう何か言う気力もなかった。

無意識のまま、千郷は店を出ていた。

——そして、あの公園で先代に拾われたのだ。

◇　◇

「いつからの客だ?」

真砂たちを追い返したあと、千郷は戸張に確認した。

「えーっと…、ふた月くらい前ですかね。筋はいい客ですよ。なんたって職場が財務省ですからね」

千郷の前歴を知らない戸張は、にやりと笑って答える。

「実家もかなりいい家みたいですから、とりっぱぐれることはないと思いますけど。実家の体面もあるでしょうし、職場に知られるとヤバイですしね」

確かに、香村の実家は父親も官僚だったと千郷も聞いていた。出来のよい弟も有数の進学校に進んでいて、やはり将来は官僚を目指しているようだ。

父親もかなり優秀な人で、次官レースの最終コーナーまで生き残った。が、結局は詰めの段階で脱落し、内政審議室長を最後に財務省を去ったらしい。

——なんかその分、父親の俺に対する期待が大きくてな…。俺でリベンジするつもりなんだろうけど、疲れるよ、実際。

いつだったか、香村がそんなふうに乾いた笑みを見せていたことを思い出す。

そのために…、早くからライバルたちを蹴落とそうとしているのだろうか？　自分など、ライバルとも言えないほどの成績でしかなかったのに。

「誰の紹介？」

表情を変えず、千郷は尋ねた。

まずは誰かの紹介がなければ、会員の審査を受けることもできない。

「米倉《よねくら》さんですよ。三丸《みつまる》製紙の御曹司の」

「米倉か…」

千郷は目をすがめて小さくつぶやいた。

大手製紙会社の三代目。ボンボンだ。

「どういう知り合いなんだろう？」

年は近かったが大学は違う。出身地も違うから、中高からの知り合いというわけでもないだろう。

「遊び仲間みたいですね。海外で知り合って意気投合したとか。向こうのカジノでも派手に遊んでるようですよ。マカオとか韓国あたりには時々、行ってるらしいですし」

戸張はバーのマネージャーとして、新規会員の審査も受け持っている。その時の話に出たのだろう。

海外。とすると、留学中にでもハマったのだろうか。ニューヨークの近郊のフォックスウッズあたりで。

おそらく香村なら、入省して四、五年目あたりで海外留学組に選抜されているはずだ。

確かに家は名家でそこそこの金もあるのだろうが、しかし香村自身の自由になる金がそれほど多いとは思えない。もっとも高級官僚の家系なら、母方がどこかの財閥とか名家の係累であってもおかしくはないが、そんな話も聞いたことはなかった。

あるいはすでに接待漬けで、企業から金を受けとっているのだろうか?

そもそも連日の残業があたりまえのキャリアが、よく遊びに行くヒマがあるな…、とも思うが。

「ベガスやマカオのホテルカジノと比べるとサービスがどうのとか言ってくれますけど、違法カジノにリムジン送迎とか求められてもねぇ…」

思い出したように言って、戸張が苦笑している。

「うちでの負けはどのくらいだ？」

「トータルだと相当。二千万は越えてるんじゃないかな」

戸張の答えに、千郷はちょっとため息をついた。

うちの店だけでその金額だと、あるいは借り入れの総額はもっとなのかもしれない。多少は預貯金もあるだろうし、個人所有の財産もあるのかもしれないが、今残っている分がどのくらいなのだろう。

実家に泣きつけばなんとかなるのかもしれないが、香村は父親に頭が上がらないようだったから、さすがに借金のことは言い出しにくいだろう。実際、職場にバレればすぐにも出世コースから転落する。

『競馬とかパチンコとかさ…、オヤジ連中がなけなしの金をそんなところに捨てる気が知れないな』

以前は蔑《さげす》んだようにそう言っていたのに。

海外だと、カジノがもっと高級な遊びに思えたのだろうか。結局は同じギャンブルにすぎず、こんな地下カジノは明らかに違法でもある。

あるいは米倉の御曹司のような、金に糸目をつけない派手な生活に引きずられているのか。

創業者一族の直系で、現在はグループ本社の専務の肩書きがある米倉ならば、自由になる金はいくらでもあるだろう。いわゆるハイローラーと呼ばれるような、カジノにとっては上客だ。

もちろん、たまに勝つこともあるが圧倒的に負ける方が多い。それこそラスベガスやマカオでは、一晩に数千万から億単位で金を落とすこともある。あるいは、米倉が個人資産を越えて会社の金に手をつけている可能性はあるが、そのあたりはこちらの知ったことではない。

米倉にとってみれば、この店での遊びは、そんな大きなゲームの合間のちょっとしたテストマッチのようなものだろう。

横目でそんな遊びっぷりを見ていれば、確かに香村も気が大きくなったとしても無理はない。友達づきあいしている男が豪快に賭けている横で、みみっちい賭け方もできないだろうから。

なにしろ、プライドは相当に高い男だ。

「週末に来ることが多いのか？」

モニターの中で小さな玉がものすごい勢いでルーレットを回り、一つのポケットに吸いこまれていくたびに一喜一憂している男をじっと眺めながら、さりげなく千郷は尋ねた。

「香村ですか？　……そうですね。週末が多いですけど、間にもよく顔を出してますよ。一人でね。目がヤバイ感じですよ…。どっぷり首まで浸かってる」

戸張が耳のあたりをかきながら、わずかに顔をしかめた。

ヤバイ感じ、というのは、依存症一歩手前、という印象なのだろう。ギャンブルを遊びとして楽しんでいる、という範囲を超えて、手元に現金があるとそれがなくなるまでどうしてもやりたくなる。

借金の返済に迫られて一発逆転を狙っている、ということもあるのだろうが、たまに勝ってもその金を返済に充てることは、まずない。

「香村のまわり、ちょっと調べておいてもらえるか？　他の借金とか、交友関係とか」

にらむようにモニターの中の香村を見つめたまま、淡々と千郷は命じた。

「え？　あ…、はい」

それに、ちょっとあせったように戸張がうなずく。

今まで千郷がこんなふうに特定の人間にこだわったことはなく、驚いたのだろう。

理由を聞きたそうにしていたが、千郷のきっぱりと拒絶するような空気を感じたのか、何も言わなかった。


それから二週間ほど。

千郷は時折、他の仕事の合間にカジノに立ちよって香村の様子を観察していた。曜日にかかわらず、顔を出した時にはたいてい遊んでいたので、かなり入り浸っているのは間違いない。

財務キャリアがそんなにヒマなはずはなかったが、よほど時間をやりくりしているのだろう。

残業の合間なのか、夜の八時頃にせかせかとやって来て、急くようにルーレットやバカラで数ゲームやっては金を落とし、時計を見て名残惜しそうに、一時間足らずで帰っていくこともある。

寸暇を惜しんで遊んでいる様子は、見ようによってはかなり鬼気迫るものがあった。かなり負けもこんでいるようで、ひどくいらついているのがモニター越しにもわかる。握りしめた拳が小さく震えていた。

以前の、千郷の知っている男とは別人のようだった。陽気で押し出しもよく、常に自信に溢れ、リーダーシップをとっていた男とは。

金曜のこの夜も、香村はカジノを訪れていた。

例の友人の御曹司と上のバーで落ち合ったようで、それぞれにお気に入りの女を指名して席に呼んでいた。

表向きは会員制の高級クラブだけに、働いている女性も洗練されている。

昼間は一流企業に勤めるＯＬの夜のバイト、というケースが多く、不況が長引く昨今、集めるのに苦労はしなかった。名門大学の学生、大学院生という者もいる。

ホステスではなく、アテンダントと呼んでいるくらいで、フロアで酒の相手はしても、同伴やアフターなどのシステムは一切ない。その分安全でバイト代もいいので、彼女たちにも割のいい仕事のはずだ。

バーのフロアを取り仕切っているのは「綾佳《あやか》ママ」と呼ばれている、三十なかばの円熟した色気のある美人で、実は彼女は「姐さん」と呼ばれる立場だった。

亭主は鳴神組の幹部だったが、今は長期のお務めで塀の中である。そういう場合は普通組から生活費の援助が出るのだが、彼女はそれを断って女手で子供を育てていた。

男気というのか、女気というのか、今どきめずらしい極道の妻の鑑《かがみ》と言うべきだろう。

恵がその境遇を察していて、何か適当な仕事はないか、という打診があり、千郷がそのポジションに彼女をつけたのだ。

口が硬く、信用もでき、フロアの従業員にも客にもきっちりと目を配ってくれる、まさにうってつけの人材だった。

とはいえ、働いている女たちも、他のバーテンダーやウェイター、あるいはカジノ部門の人間も、店にヤクザが関わっていることは知らなかった。もしくは、少し察しがよければ、知らないふりをしている。何も知らないでいる方が利口なのだ。

スタッフたちは、別の従業員入り口を入ったところで身体検査、金属探知のチェックを受け、携帯電話を始め、すべての電気機器を仕事前に預けることになっている。

客も同様で、表の扉をくぐった玄関ホールで、コートやカバンと一緒に携帯を預けることをルールにしていた。

金属探知機を仕込んだゲート——雰囲気を損なわないように外観はバーの内装に合わせていたが——も設置しており、空港などでやるように、引っかかりそうなモノは事前に出してもらっている。

始めは不快感を覚える客もいたようだが、慣れてくるとそれがかえって安心につながるようだった。客にとっても危ない橋を渡っているわけで、特に著名人などは、ここならば盗撮される心配がない。携帯で緊急の呼び出しなど受けず、落ち着いて遊べるというメリットもある。

逆に言えば、そんな緊急の連絡があるような状況であれば、その日はご遠慮ください、ということだ。

そして地下で遊ぶ「特別会員《VIP》」は、フロアの女性であれば同伴することもできた。

やはり男には見栄がある。側で盛り上げてくれる女がいれば、勢いで大きな勝負に打って出ることが多く、また形勢が悪くても途中で勝負を下りたりはできなくなるものだ。

実際、香村にも入れ上げている女がいて、彼女を連れて地下へ下りると、目に見えて大勝負をしている。そして負けたとしても、仕方がないな、と遊び慣れた余裕を見せて。だが友人の御曹司や女のいないところではひどく落ち着きがなく、神経質な様子が、隠しカメラの前では容赦なく暴かれていた。

こんな男だったのか…、とモニター越しに見ていた千郷が冷笑してしまうくらいに。

こんな男に、自分はハメられたのだ……。

この夜、千郷はカジノのフロアに下りていった。正式に店がオープンしてからは初めてだった。

服装も、ふだんはたいてい落ち着いたトーンだったが、この日は少し明るめのスーツで、時計や靴も派手めなものを身につけていた。

金曜の夜で、バーも、そしてカジノのフロアもかなりにぎわっている。客の勝ったテーブルだろう、にぎやかな歓声が上がり、大きな拍手も起きている。

香村のいる場所はわかっていた。

さっきまでバカラのテーブルにいたが、三回連続で負け、席を立ったところだった。同伴していた女性も別の指名が入ったようで、上のバーへともどっている。

一緒にいた御曹司には、「今日はツキがないみたいだよ」と軽い調子で笑って肩をたたき、ちょっと飲んでくる、と隅のバーカウンターへ向かっていた。

そこでハイボールのグラスをもらって、隅のスツールに腰を下ろす。奥歯を噛みしめるような、苦い表情だ。

そっと息を吸いこんで、千郷は何気ない様子でカウンターへと近づいた。

「ジントニックを」

あえて香村からは少し距離をおいたところからバーテンダーに注文を出す。

千郷の存在に、始め香村はまったく気づいていなかった。

グラスを握ったまま、じっと何かを考えこむように、思い悩むように、フロアの一点を見つめていた。

千郷からも声をかけることはしない。

と、頼んでいた飲み物が差し出されたのとほとんど同時だった。

「蜂栖賀さん」

背後からかけられた女の声に、千郷はゆるりとふり返る。

その呼び掛けに、ハッとしたように香村がこちらに向き直る気配を感じた。

蜂栖賀、というのは、ありふれた名前というわけではない。やはり耳に引っかかったようだ。負い目があればなおさらだろう。……そんなものがあるとすれば、だが。

「綾佳さん」

だが千郷はそちらには気づかないふりで、相手に微笑んだ。

声をかけてきたのは、バーを仕切っている綾佳ママだ。シックな和服姿。わかっていれば、さすがは姐さんといった着こなしに思える。

「まあ…、おひさしぶりですこと。おいでになっていたなんて、ちっとも存じませんでしたのよ。うちの娘《こ》に聞いて、あわててご挨拶にまいりましたの」

綾佳ママが千郷に近づいてくると、いかにも馴染んだようにその腕に手を置く。

千郷は、バーの方でもカジノのほうでも、一切表に顔は出していない。なので、店のスタッフたちは誰も千郷の顔や、その存在すら知らなかった。唯一、組関係である綾佳ママだけが千郷の立場を知っている。

だがふだんは店の中で顔を合わせることはなく、店を閉めたあとにバックヤードで打ち合わせをすることはあったが、オープンしている間に二人で会うようなこともなかった。ましてや、客の前でなど。

だから今、綾佳ママが挨拶に来たのは、千郷がカジノに下りてくる前に内線で頼んだからだ。

馴染みの客のように、適当に話を合わせてほしい——、と。

細かい事情を話したわけではなかったが、やはりヤクザに転落してくるような男には過去があるわけで、綾佳ママにしても聞かずとも察するところがあったのだろう。

「わざわざママに挨拶に来てもらうほどの客じゃないですよ」

「そんな意地悪をおっしゃって。蜂栖賀さんがお見えになってご挨拶もしないなんてこと、オーナーに叱られますわ」

苦笑して言った千郷に、綾佳ママがいくぶんなじるような艶を見せる。

さすがにうまいな…、と千郷は感心した。

できれば、千郷が「オーナー」と親しい間柄だということを匂わせてほしい、とつけ加えていたのだが、さらりと自然に言葉にしている。

もちろん、実質的な「オーナー」は千郷自身で、書類上のオーナーは名前だけだったが。

「しばらく遊んで行かれますの？」

「いや、これを飲んだらもう出ようかと思っていたところです」

「じゃお帰りになる時は少しだけ、上によっていらしてくださいね」

「ええ。ありがとうございます」

礼を言った千郷に、では、と綾佳ママも軽く頭を下げる。

そして千郷の肩越しに――おそらくこちらを見ている香村と目が合ったのだろう、そちらにもさらりと会釈をした。

「お手数をかけて申し訳ありません」

「いえ。蜂栖賀さんのお役に立てるなら光栄ですわ」

離れる間際に小声で短い会話を交わす。

そしてジントニックで軽く喉を潤しながら、綾佳ママの背中を見送っていた千郷に、案の定、うかがうような声がかかった。

「千郷…？　千郷か、おまえ？」

何気ない様子でふり返った千郷の目に、呆然と目を見開いた香村の姿がある。

「……香村？」

千郷の方もいくぶん自信なげなふりで返した。

「ああ…、やっぱりおまえか。いや…、驚いたな、こんなところで」

強ばっていた表情をようやく和らげ、どこかぎこちない笑みで香村が近づいてくる。

もちろんこの男は、八年前の自分の策略が千郷にバレているとは思ってもいないのだろう。

「それはこっちのセリフだよ。お堅い公務員がこんなところに出入りしていていいのか？」

千郷も知らないふりで、そんなふうに笑って返した。

「言うなよ。唯一の息抜きなんだからさ…」

肩をすくめ、香村が疲れたように笑った。

「わかるだろ？　仕事、結構キツくてさ…。政治家は適当に面倒なことばっかり公約するし、ノンキャリはバカばっかりでろくに使えないしな。たまにこうやって発散させなきゃ、やってられねぇよ」

吐き出すように香村が言う。

なるほど、ずいぶんとストレスがたまっているようだ。そんな時に海外でカジノにはまり、日本に帰ってきても引きずっている、というところかもしれない。

「それにしてもひさしぶりだよな。元気だったか？」

見苦しく感情的になっていた自分に気づいたのか、気を取り直したように、明るく香村が尋ねてきた。

さすがに、モニターで裏から眺めていた神経質な男とはがらりと雰囲気を変えていた。千郷が知っていた頃の香村に近い。

どうやら人前では、ふだんの官僚然とした、自信に満ちた男を演じられるらしい。おそらくは職場でもそうなのだろう。

「おかげさまで。おまえも元気そうでよかったよ」

さらりと穏やかに返し、千郷はクッ…とアルコールを喉に落とす。

「おまえ…、なんか、ずいぶん雰囲気が変わったよな」

その落ち着きに、だろうか、香村がいくぶんたじろいだように目を瞬かせた。

確かに、自分は変わったのだろう。この八年で。

先代のおかげで。そしてこの男のおかげで、とも言える。

財務省にいた頃の自分は、香村のあとをついてまわって、いいように顎で使われるだけだったのだろう。……そのことに、自分では気づきもしないままに。

慣れない自分の仕事を手いっぱいに抱えつつ、頼まれた香村のフォローもよくしてやっていた。香村は後輩や部下をうまく使うのが苦手なタイプだったのだ。関係をとりなしたり、橋渡しをしてやったこともある。

「妙に貫禄っていうか、自信っていうか……どっしりしてるよな。なんか…、なんだろ、色っぽくなったし」

「なんだ、それ」

どこかそわそわした様子で言った香村を、千郷は鼻で笑ってやった。

そうだ。あの時、香村に言ってやればよかった、と、ふと思う。

俺は男が好きかもしれないが相手を選ぶ権利くらいあるからな、くらいのことは。

「今、何やってるんだ?」

何気なく聞きながら、抜け目なく香村の目が千郷の腕時計や靴をチェックしているのがわかる。

靴はともかく、千郷はさほど高価なアクセサリーは持っておらず、身につける方でもないが、やはり他の組の幹部に対する体面というのもある。時計はそれなりのものを、二つ三つくらいは用意していた。

「事業をいくつかね」

「へ、へぇ…」

さらりと気負いもなく答えた千郷に、香村はちょっと鼻白んだようだった。

財務省を放り出されたあとの千郷を、この男はどんなふうに想像していたのだろう？　みじめに凋落《ちょうらく》した暮らしぶりを期待していたのか。吹けば飛ぶような小さな会社で、地面を這いつくばるようにして営業でもしている姿か。ふだん、香村たちにヘコヘコと頭を下げている連中に、さらに頭を下げてまわっているような。

「そりゃよかったよ。心配してたんだ。あれから連絡もとれなかったし……いや、俺のせいでおまえ、退職したようなものだしな」

白々しい言葉。

まさしく、だったが、「おまえのせいじゃないよ」と千郷は受け流すように答えた。

「まあ、結果的には官僚を辞めたおかげで、俺も大きく人生が変わったよ。新しく開けたっていうのかな。きっともともと、官僚には向いてなかったんだろう。今はずいぶん自由に、気楽にやらせてもらってる」

嫌味でもあり、今の香村の状況をわかっていての嫌がらせでもある。

「そうか…。仕事、うまく行ってるんだ」

それに香村が低くつぶやく。

自分が追い落としたあとの千郷の成功を、どんな気持ちで眺めているのか。

悔しいのか、ねたましいのか。あるいは少しでも後悔があるのなら、本当によかったと安心しているのか。

「まあ、おかげさまでね。だがおまえだって順調に出世してるんじゃないのか？　こんなところで遊べるくらい余裕があるみたいだし…、同期のプリンスってところだろう。おまえは始めからできる男だったしな」

将来を嘱望され、抜きん出た同期の出世頭が、省内ではよくそんなふうに呼ばれている。

「よせよ、そういうのは」

無邪気なふりで言った千郷に、香村がいくぶん気色ばんで吐き捨てた。

香村の現在のポジションは、戸張に調べさせたところによると、主計の総務課兼企画担当主査という、王道の出世コースに乗った肩書きだった。しかもかなり早い出世と言える。それだけ期待もされているのだろう。

そしてその分、自分の中での軋轢《あつれき》が大きくなっているのかもしれないが。

「それよりおまえ、ここのオーナーと知り合いなのか？　ママが地下へ下りてきたの、初めて見たよ」

そして話を変えるように言って、ちょっと感心したように香村がうなった。

「うん？　ああ…、オーナーとは仕事上のつきあいもあるし、懇意にさせてもらってるよ。年が違うから、可愛がってもらってるっていう方があたってるけどな」

さらりと、煙幕を交えて千郷は答えた。

「そうなのか…」

つぶやいて、ちょっとそわそわと、どことなく不安そうなのは自分の借金を知られるのが恐いのか。

「俺はあんまりギャンブルはしないんだけどね。まあ、たまの気分転換かな」

「あ、ああ…、そうだよな。俺もそうだよ」

軽く言った千郷に、香村もあわてたように同意する。

今日はこのくらいでいいだろう。

そう判断して、千郷は残りのジントニックを一気に空けると、カタン、とカウンターにグラスをもどした。

じゃ、と別れを告げようとした時、香村が、あ、と短い声を上げる。千郷の肩越しに何かに気づいたらしく、わずかに表情が緩んだ。

それと同時に、千郷の背中にふわりと若い女の声がかかる。

「蜂栖賀さん、綾佳ママが上で待ってますわよ？　せっかくいらしてくださったので八十年のシャトー・ペトリュスを開けますって」

言いながら軽く走りよってきた女が、ふり返った千郷の腕にいかにも親しげにまとわりついた。

彼女からすれば千郷は初対面のはずだが、綾佳ママから人相を教えられていたのだろう。

千郷の方は履歴書の写真でもモニター越しにも、何度も見て覚えている。「渚《なぎさ》」という名前で働いている大学院生で、香村のお気に入りの子だ。

白いレース地のやわらかそうな膝丈ドレスをまとった、ふんわり癒《いや》し系のお嬢様といった風情だが、中身はかなりしたたかで頭が切れる。客あしらいがうまく、どの客にも自分だけは他の客とは違う、と思わせる手管が抜群だった。

おそらくは香村も、だ。

ヘタにプレゼントや金を受けとることはなく、その分、店に金を遣わせていて、綾佳ママからの信頼も厚い。

香村の馴染みだとわかっていて、あえて綾佳ママが送りこんできたのだろう。頼んでいたわけではなかったが、千郷の意図をしっかりと汲みとっているあたりがさすがだった。

「八十年？　それはご馳走にならないとね」

さらりと千郷も話を合わせる。

「渚ちゃん」

他の接客を終えて自分のところにもどって来てくれたのかと思ったのだろう、香村が焦《じ》れたように声をかけたのに、ようやく気づいたように渚が顔を向けた。

「あら、香村さん」

そして、千郷と見比べるようにして尋ねる。

「お知り合いでしたの？」

「昔、ちょっとね」

千郷に腕を絡めたままのそんなさりげないやりとりは、どちらがこの店で格上かをはっきりと示している。

とたんに香村が落ち着かなくなった。

「じゃあ、またな」

あっさりと背を向けた千郷を、香村があわてたように呼び止めた。

「あ、千郷。その…、おまえの携帯の番号、聞いといていいかな？」

利用価値があると踏んだのだろうか。一度は自分が蹴り落とした男に。

「ああ…、そうだな。昔とは変わったんだったな」

思い出したようにうなずくと、千郷はどうでもいいように軽く答えた。

「渚に渡しておくよ。あとで聞いてくれ」

フロアには携帯を持ちこめないルールなので、今は二人とも身につけていないはずだ。

実のところ、千郷の方は持っていたが。

渚、とあえて呼び捨てにしたことで、さらに彼女に対する、千郷と自分との差を明確にしてやる。

香村の混乱したような、呆然としたような、そして悔しげな視線を感じながら、渚と腕を組んだまま、千郷はゆっくりとバー・フロアへと上がっていった。

「綾佳さんの仕込みは完璧だな」

その間も、楽しげに談笑するふりで剣呑《けんのん》な会話を口にのせる。

「あら。蜂栖賀さんくらい素敵な方なら、お仕事抜きでもおつきあいしたいですけど」

「恐いね。……香村はどうなの？　ずいぶん君にご執心みたいだけど」

「んー、独りよがりな人かな。自分の思い通りにことが運ばないと我慢できないタイプかしら。仕事じゃなきゃ、つきあいたくない感じですね」

バッサリと切って捨てるような評価に、思わず千郷は苦笑した。

「頭のいい男なんだけどね…。日本の経済を動かしているくらい」

「うわー。こわー。日本企業の株、買うのやめようかしら。……でも私がちょこっと株をやってるって言うと、時々香村さん、ぽろっと情報くれるんですよ？」

意味ありげな眼差しで、渚が見上げてくる。

なるほど、ボーナス的ないい小遣い稼ぎになっているのだろう。

だが立派なインサイダーだ。

「案外、隙の多い男だな」

千郷は思わず笑ってしまった。

昔は…、そんなこと、考えもしなかったのに。省内の一線で働いているあの男を目の当たりにしていた時には。

「あいつにゲームで金を落とさせてくれるか？　これまで以上に」

「もちろん。それがお仕事ですから」

淡々と頼んだ千郷に、にっこりと渚が笑った――。

◇

◇

それから一カ月――。

香村はますますのめりこむようになっていた。カジノにも、そして渚にも、だ。

さすがに渚の腕は確かで、香村の気持ちを煽《あお》り、一緒になって盛り上げるようにゲームに金を注ぎこませていた。時には別の客の、例の御曹司の遊びっぷりなどを褒めあげて、言外に比べるようにもする。そうすると、あとには引けなくなるようだった。

千郷は、香村がいる時、ほんのたまにフロアに顔を出す程度にしていた。

特に何を言うわけではなく、誘うわけでもなく、気軽な挨拶をかわして、ほんの数ゲームだけ遊んでみせる。

昔のことを蒸し返すことはせず、今の仕事について聞くこともなかった。

香村の方は、千郷の今の仕事について聞きたそうな素振りを見せたが、「輸入業とか、派遣業を手広くやっている」というくらいで、くわしくは話さなかった。もちろん、話すわけにもいかない。

ただ千郷の遊びには余裕があった。一回の掛け金が数十万から、盛り上がっても数百万。勝っても負けても、限度を超えてやり続けることはせず、あっさりと切り上げていた。

そんなこだわりのなさ、気楽さが、横で見ている香村をさらにあせらせていたようだった。

そして大きく勝った時などは、その場で気軽に自分のチップを融通してやった。

「悪いな…。今日はツイてないみたいでさ」

業腹な思いはあるのだろうが、どこか強がるように言う香村を、千郷はさらりと流した。

「どうせここで稼いだ金だし。返す必要はないさ。別にカジノには勝つために来てるわけじゃないからな」

純粋に遊ぶだけ。楽しむだけ。そのスタンスがおまえとは違うのだと、見せつけるみたいに。

「ああ…、今度俺が勝った時には倍にして返すよ」

引きつった笑みでそんなふうに応じながらも、じわじわと精神的な負荷になっていったのだろう。

熱心に誘われ、一、二度、外で飲んだこともあった。めずらしく香村が勝った時などで、やはり気が大きくなっていたのだろう。

数百万くらい勝つこともあったので、少しはツケでも、他の借金の返済にでも充てればいいのに、と思ったが、あえてそれを忠告することもない。

ふだん世話になってるからさ、と香村はやたらとおごりたがったが、千郷が彼に払わせることはなかった。

「いや、おまえにおごってもらうと恐いことになりそうだからな」

いかにも笑い話のように、昔のことを引き合いに出して言うと、さすがに香村は体裁の悪いような顔をしていた。

だが今の千郷の羽振りのよさにか、罪悪感などはないようだった。むしろ、辞めてよかったよなあ、と笑うくらいの無神経さで。

そして千郷を相手に、昔と変わらない仕事の愚痴を並べていた。

昔と比べても、やはり地位が上がり、責任が増えた分、ストレスも大きく増しているようだ。一般企業であれば中間管理職というあたりで、上からも下からも、要求の厳しいところなのだろう。

それは想像できるが、同情するつもりはない。

そうする間にも、香村の借り入れはじわじわと膨れ上がっていた。

原則的には、外で金を融通して、このクラブに来る時には現金でチップを購入するのが決まりだ。それがどんなふうに作られた金だろうと、こちらが関知するところではない。

ただ店で遊んでいるうちに軍資金が足りなくなった場合、つまり手元の金がなくなってもまだ遊び足りない場合には、店から少しばかり、融通することがある。

勝って返していければそれでいいし、それも擦《す》ってしまった場合――その方が圧倒的に多いわけだが――店へのツケになる。

そして次回来店の際にそのツケ分を持ってくれば、また地下で遊ぶことができるわけだ。

ツケを残したまま音信不通になるような場合には、真砂にリストをまわして回収を頼むことになる。

もともと会員制なので、自宅も職場も、相手の素性はすべてわかっているのだ。

それが基本ではあったが、やはり馴染みの客になると、ツケが残っていたとしてもそう出入りを禁止するわけにもいかず、その日に遊ぶ金があれば地下へは通すようにしていた。

ただその場合、新たなツケは難しくなる。

香村のこのカジノへのツケは、すでに二百万。本来ならいいかげん返してもらってからでなければ、新しい借り入れは認めないところだ。

香村本人もそれはわかっていた。

しかしどうやら、すでに外での借金は限界に来ているようだった。

お堅い職業柄、かなりの額まで借り入れはできるはずだが、普通に、適当な理由をつけて借りられる銀行や金融機関では、すでにいっぱいいっぱいなのだろう。仕方なく消費者金融、さらには裏金融へと、お決まりのコースをたどっている。

香村の様子を見ていると、まさしく依存症という状態で、ギャンブルで大金を賭けるという緊張感。たまに勝った時の高揚感。そのストレス発散ができないと、てきめんに集中力に――つまり仕事に、影響しているようだった。

このひと月の間に、千郷は偶然を装ってかつての同僚、時には上司と顔を合わせ、さりげなく香村の様子を尋ねてみたが、やはりかなり、職場でも気分にむらが出てきているらしい。

麻薬と同じだ。勝って気分がよい時は気持ちが高ぶり、職場でも機嫌がよく、人間関係もうまく行き、仕事でも目の覚めるようないい働きをする。しかしいったんテンションが落ちると、ギスギスとした空気をまき散らし、仕事でもミスが増えてくる。

職場での香村の評価もいくぶん微妙なものになりつつあり、そんな空気を察しているだけになんとかしなければ…、という気持ちが募って、一発逆転を夢見る。そしてさらに勝負にのめりこむ。悪循環なのだろう。

しかしそのギャンブルも、元手がなければ遊ぶことはできない。その時点では、借金がものすごい額に増えることよりも、ギャンブルができない、ということの方に恐怖を感じるのだ。まさしく、禁断症状のように。

香村が千郷に泣きついてくるのは、時間の問題だった。

「千郷、おまえからさ…、その、オーナーに口をきいてくれないか？ ……ほら、ここで一発当てれば一気に返せるわけだし。な、頼むよ」

ずぶずぶとギャンブルで人生を失う人間の、誰もが決まって口にするセリフだ。

以前の香村なら、そんなことを千郷に頼むのはプライドが許さないところだろうが、すでにそんなことを気にする余裕もないのだろう。

店のツケに上乗せする形で、千郷は二百万をさらに融通してやった。

話を通しておいてやるよ、と肩をたたいて告げただけで、千郷は顔を出さず、戸張が対応した。

モニター室の隣ではなく、バー・フロアの奥にある応接室で、現金ではなく二百万円分のチップをテーブルにのせて差し出している。

小さく震える手で香村が借用書にサインするのを、千郷はモニター越しにじっと眺めていた。

おそらくすでに「借金」という意識もないのだろう。大好きなオモチャをもらった子供のように、香村の目が興奮に潤んでいるのがわかる。

「何やってんだよ…、おまえは？」

と、モニター前のイスにゆったりと腰を下ろしていた千郷の背中に、聞き慣れた声がかかった。いらだちを抑えたような、低い声だ。

ふり返らなくとも、それが真砂だというのはわかる。

……勝手にこんなところまで入ってきているのが、セキュリティ上どうかとは思うが。スタッフ用の出入り口は暗証番号式のロックで、週ごとに変わる。ナンバーを知っている千郷か戸張、あるいは綾佳ママしか外からは開けられないので、他の人間はインターフォンを押して中から開けてもらうことになる。入れたのは応接室に行く前の戸張か、あるいは綾佳ママということだ。

真砂については、千郷もふだん、それほど目くじら立てることはないのだが、今日のところはうっとうしい。

「何とは？」

いつから見ていたのか、いくぶん険しい真砂の問いに、ふり返ることもなく、とぼけて千郷は返した。

言いたいことは……なんとなく、想像できないではなかったが。

いつもの千郷のやり方ではない。どういうつもりだ、と。

だが、真砂には関係のないことだ。真砂のシノギでもなく、とやかく言われることではない。

「おまえ……」

いかにもまともに相手をする気のない千郷の様子に、真砂が低くうなる。

モニターの中で香村がチップを持ってソファから腰を上げ、いそいそとカジノへ向かうのを確認してから、おもむろに千郷はイスをまわしてふり返った。

「何の用だ？　無駄におまえに口説かれてるようなヒマはないが」

足を組みながら機先を制するように言うと、ふん、と真砂が鼻を鳴らす。そして、ぶつぶつと文句を垂れた。

「最近、可愛くねぇな…、おまえ」

勝手な言い草だ。そもそも真砂に対して可愛かった時があったのか？　と聞いてやりたいくらいだ。先代にならともかく。

「おまえに可愛くしてやらなきゃいけない理由はないからな」

素っ気なく言い放った。

どうやら今日は、真砂一人のようだ。舎弟たちは外で待たせているのか。

と、その時扉が開き、戸張が帰ってきた。

客の対応だったので、いつになくきっちりと締めていたネクタイを緩めながら入ってくると、ども、と真砂に頭を下げる。

驚いた様子もなく、ちらっと妙に意味ありげに視線が交わったところを見ると、やはり戸張が入れたのだろう。

さらに言えば、戸張が呼んだのかもしれない。

このところ千郷の様子がおかしいことを、戸張は気にしているようだった。

別におかしいとまでは言えないはずだが、……まあ、確かにふだんの千郷の行動ではないのが不安だったのか。

自分から客に接触するなどと。

余計なことを…、と千郷は内心で舌を弾く。

本来、ヤクザであればその上下関係は絶対で、千郷の命令なく戸張が勝手に動くことなど許されない。が、千郷は個人の裁量を大きくとって、ある程度自由なやり方を許していた。

戸張とはもう六、七年ほどのつきあいで、一番気心も知れている男だが、戸張にしてみれば、あるいは真砂のところから「出向」しているというくらいの感覚なのかもしれない。

仕事自体は生き生きと、楽しんでやってくれていると思うが。

「借用書です。……あの、千郷さん、香村と知り合いだったんですか？」

手にしていた書類を千郷に差し出しながら、今までずっと聞きたそうにしていたが聞けなかったことを、真砂の存在が力をつけたのか、戸張が思い切ったように尋ねてくる。

「昔のな」

受けとりながら、それに短く、感情も交えず、千郷は答えた。

財務官僚とヤクザが知り合いというのも、普通に考えればおかしなことなのだろう。本来なら、まったく接点がない。キャリア官僚がヤクザに転身するなどと、常識では考えられないはずだ。

おそらく真砂は――勘づいているのだろう。香村がかつて、千郷を裏切った男だと。

「香村にはしばらく、好きなだけ融通してやってくれ。――カタにはめる」

「千郷」

静かに、冷淡に言った千郷の言葉とほとんど同時に、ぴしゃりと真砂の叱責するような声が耳を打つ。

いいかげんにしろ、とでも言いたげな、いらだった響き。

その空気にか、戸張がわずかに息を呑んだ。

「い、いいんですか…？」

「何が問題だ？」

かすれた声で聞いたのは戸張だったが、千郷は挑むように真砂に向き直って聞き返した。

「それがヤクザのやり方じゃないのか？　ごくあたりまえのことだろう。マニュアルに書いてあるくらいのな」

唇の端で皮肉に笑うように、千郷は口にした。

「最終的にあいつの実家なら、土地建物を売れば十分に返せる額だろう。あいつの名義でなくとも、両親も放ってはおけなくなるはずだ」

都内の高級住宅街だ。億は下らないだろう。

「そうだな…、もし金が回収できなかったとしても、あの男の肩書きは利用価値がある。あの男の持っている情報を金に換えることもできるだろうしな」

そして香村も自分たちと同じ「犯罪者」になるのだ。

想像しただけで楽しい。

「復讐でもするつもりか?」

目をすがめて、真砂が冷ややかに言った。

容赦のない問いに、ビクッ…と一瞬、無意識に千郷は身体を震わせる。

えっ? と戸張が小さな声を上げた。

戸張にはまったく意味のわからないことだっただろう。

真砂にも、香村との過去を話したことはなかった。どんなことがあったとか、くわしい話は。だがおそらく、自分で調べたのだろう。

千郷が香村を気にしているのは気づいていたのだろうし、香村は真砂の客でもある。素性はわかっているから、調べるのがさほど難しいわけでもない。

千郷はそっと息を吸いこんだ。そして、あえて唇で笑ってみせる。

「復讐ね……。まあ、それもいいかもしれないが、あっけなさすぎて笑えるな」

あの当時、やはり伏魔殿《ふくまでん》と言っていいあの世界で、千郷は甘すぎたのだろう。バカ正直で、まわりが見えていなかった。

日本を動かすエリート集団。省庁の中の省庁と言われる財務官僚の能力とプライド。日々、生存競争に明け暮れ、足を引っ張り合いながらも、外圧——政治家などの圧力を受けると驚くほどの頑なな団結を見せる。自分たちの利権を守るために、だ。

事実上、日本は官僚が動かしている。

そして香村は同期の筆頭であり、将来を嘱望され、実際に頭のいい男だ。策をめぐらして、同期の仲間を容赦なく追い落とせるくらいに、ある意味、冷酷な決断力もある。

だがそんな男も、エリートの外面を剥ぎ取られ、現実の社会にたった一人で引きずり出された時、どれほど脆く、みじめな存在か……千郷は今、目の前でそれを見ていた。

本当に笑ってしまうくらいに。

肩書きなどが通用しない、自分の常識が通用しない、香村からすればとるに足らない社会のカスのような人間が、自分の身体を、命を張って生きている——その現実の中では。

その汚れた現実を、香村は書類の中で数字に見るだけだった。そう、かつての自分も、だ。

だがこの八年、千郷は実際にその中で生きてきたのだ。数字だけでしか見ていなかった香村とは違う。

「おまえは自分を見失ってるよ」

しかし千郷をまっすぐに見つめて、真砂が静かに言った。

千郷はわずかに眉をよせ、小さく唇を噛む。さすがにムッとした。

——何も知らないくせに……っ。

そんな思いが身体の奥を突き上げる。

「つまらないことはやめるんだな。ヘタに感情的になると足下をすくわれるぞ」

真砂の言葉とも思えない。千郷は冷笑した。

「いつも感情的なのはおまえだろうが。好き嫌いで適当に案件を処理するくせに」

適当、というと語弊があるのだろうが、「気にいらねぇな」で、バッサリと真砂が切り捨てることは多い。

千郷はおもむろに足を組み替え、肘掛けに頬杖をつくようにして男を見上げた。

「おまえ、俺を裏切らないと言ったな？　だったら俺を信用して、黙って見守ってくれていてもいいと思うが？」

真砂が大きなため息とともに首をふった。指先でカリカリと額をかく。

「それは信頼とも信用とも違うだろ」

そんな言い草に、結局は口だけか…、と千郷は鼻で笑う。

八年前、香村に裏切られたと知った時の痛みが、わずかに胸によみがえった。鋭く、音もなく、心臓の奥までえぐっていく。

傷口は小さくても、深く、なかなか治らない傷だ。凍りついたままに。

……まあもともと、真砂の言葉など本気に受けとってはいなかった。

「何かあったとしても、おまえや組に面倒をかけるつもりはない。人のシノギの邪魔をするな」

そしてぴしゃりと言うと、思い出して戸張に向き直った。

「……ああ、戸張」

ビクビクと横で話を聞いていた戸張が、はいっ！　と飛び上がるように返事をする。

千郷は立ち上がって、後ろのテーブルにおいていた書類ケースからファイルを取り出すと、無造作に戸張に渡した。

「『パピヨン』の方を西丸《にしまる》に任せようかと思うんだが、おまえ、サポートについてくれるか？」

千郷が数年前から手がけている派遣業——要するに売春斡旋《あっせん》だが、ただ桁《けた》違いに高級な店だった。

一晩、一人最低でも七万から、数十万。モデルやタレントの卵といったスタッフが多く、家柄のよい主婦やＯＬもいる。

もちろん秘密厳守で、派遣するのはラグジュアリーホテルのみ。その安心感が、客にもスタッフにも受けていた。

やはり会員制で、客層はこのカジノとほぼ同じだ。実際、両方の会員になっている客も少なくない。むろん客の方は、経営母体が同じだとは夢にも思っていないだろうが。

「え？　あ…っ、はい。わかりました……」

突然のことに驚いたように、戸張がおずおずとファイルを受けとる。

「それと、今進めてるプライベート・カジノの方だが…、今後そっちにもおまえ、参加してくれるか？　借りる場所の交渉をまとめるまでは俺がやるが、その先の、実際のフロアの内装とか、入れるテーブルとか、客の選択とか…、そのあたりはおまえに任せたい」

「えっ？　俺にですか？」

さらにあせったように聞き返し、戸張が目を見開いた。

千郷が計画している次のプライベート・カジノというのは、ここよりももっと小規模なスペースだが、選んだ場所が凝っている。ある国の、大使館の一室なのだ。

日本に公館をおく国はもちろん数多くあるが、小さい国だとマンションの一室などということもめずらしくはない。そして国によっては、国内で汚職がはびこり、大使公使が賄《わい》賂《ろ》をもらうのはあたりまえという場合もある。

うまく話を持ちかけ、少し広めの一戸建てを提供し、そこを公館として使ってもらう。

と同時に、その一室にプライベート・カジノを開くのだ。客は日本の特権階級を始め、各国の外交官が主になる。客筋はいい。

しかも治外法権で、日本の警察の心配をする必要がなくなる。

その裏交渉も、すでに詰めの段階に入っていた。

「ここのカジノでのノウハウがあれば、それをいかせるだろうしな」

「そ、それはかまいませんが…、でも千郷さんはどうするんです？　また何か新しい仕事、始めるんですか？」

「ああ…、いろいろと考えていることもあってね」

とまどったように聞いてきた戸張に、千郷はさらりと答えた。

そしてカバンを片手に提げると、「あと、よろしくな」と短く言いおいて、さっさと廊下に出た。

「——おい、千郷」

しかしすぐに真砂が背中から追いかけてくると、スタッフ用の扉の手前で千郷の肩をつかみ、強引にふり向かせた。

「なんだ？」

いかにもうっとうしそうに聞き返すと、真砂がじっと千郷の目をのぞきこんできた。

「おまえ…、まさか組を抜ける気か？」

まっすぐに聞かれ、千郷は思わず息をつめた。とっさに目を逸らしてしまう。

そう。この間の三回忌を、千郷は一つの区切りにするつもりだった。三回忌が終わったら、組を去ろうと思っていた。

今の組長である一生に対して、特に不満があるわけではない。この二年で一生も対外的にも跡目として認められ、神代会の中でもしっかりと基盤を築いている。

先代への恩を考えれば、さらに力を尽くし、できる限り支えていくべきかもしれない。

だがそれだけに、組の繁栄と安泰を思えば、やはり真砂と恵との結びつきは欠かせないだろう。

それを考えると、自分の存在は邪魔になるだけだ。

真砂が自分にちょっかいをかけているのがどこまで本気なのかはわからないが、他の幹部たちの前でもそれを隠しておらず、しょうがねぇな…、と眉をひそめる者は多い。

真砂が言っていたように、他の幹部たちに自分を取りこもうという動きがあるとすれば、半分は自分を真砂から遠ざける意図があるのだろうと思う。

組の調和を乱すつもりはなかった。

千郷は今抱えている仕事や会社の引き継ぎをすませたら、組を抜けさせてもらうように一生に願い出るつもりだった。

カタギにもどる、ということで、もちろんタダでは無理だろう。指の一本も覚悟しなければいけないかもしれないし、金が要求されるのかもしれない。もちろん、どんなペナルティでも受けるつもりだった。

それを考えながら仕事の整理をつけている時、目の前に香村が現れたのだ。

千郷の転職とはよほど縁があるらしい、と思うと、妙に笑える。

あるいは、心の奥にいつまでも抱えているくらいならさっさと吐き出しておけ、という先代の采配《さいはい》なのかもしれない。

そうだ。千郷の組での最後の仕事として。

最後の仕事としては、ずいぶんと小さいが。

「千郷っ、答えろっ！」

肩を揺さぶるようにして問いただしてきた真砂に、千郷は淡々と答えた。

「俺には先代がすべてだった。それだけのことだ」

それに真砂がふっと息を呑む。表情がわずかに強ばった。にらむように千郷を見つめる。

おまえでは代わりにならない——。

その事実を突きつけたのと同じだった。

「違う。おまえは逃げてるだけだ。新しいところに飛びこむのが恐いだけだろ」

ぴしゃりと言われ、千郷は小さく唇を噛んだ。

「勝手な解釈だな」

「死んだ人間はおまえを抱いちゃくれないし、悦ばせてもくれない。おまえ、この先誰に甘えて、誰のところで泣くつもりだ？」

冷酷に吐かれた事実に、カッ…、と一瞬、血が上った。

何か考える間もなく、手が出てしまった。気がつくと、ぴしゃり、と平手で男の顔を打っていた。

ジン…、と手のひらに返った熱と痛みに、ようやく自分のしたことに気づく。

こんなにあっさりとたたかれるタマとは思えないから、真砂に避けるつもりはなかったのだろう。

「うせろ」

荒くなった息を抑え、男をにらみつけると、低く千郷は言った。

「俺の邪魔をするな…っ」

いつになく感情的に叫んだ千郷をじっと見つめ、真砂が大きく肩で息をついた。

◇　　◇

あきれたのか、見捨てたのか。

それから十日ほど、真砂は千郷の前に現れることはなかった。

それまでは週に一、二度くらいは、本家か組事務所か、あるいは千郷の店かで顔を合わせていたので、さすがにちょっと気になったが、そろそろ真砂にしても飽きていた頃かもしれない。目が覚めた、と言ってもいい。

千郷も抱えていた仕事の整理をだいたいつけ、あとは香村の処理くらいだった。

あれから香村のツケはさらに増えて、現在は六百万ほど。

この日はまだウィークディの木曜日だったが、香村は姿を見せていた。きょろきょろとフロアを見まわして、どうやら誰かを捜しているようだった。

おそらくは千郷を、だ。渚をつかまえて尋ねている。

結局まだ来ていないとわかったらしく、バーでグラスを重ねながらいらいらと待っていた。……別に約束しているわけではなく、今日、千郷がカジノに来ると決まっていたわけではなかったたが。

実はここ三日ほど、続けて香村は店を訪れていた。

というのも、この前の日曜に大負けして以降、千郷は香村への融資を打ち切った。今まで気楽にツケがきいていたのがやんわりと断られ、ひどくあせったらしい。

そのあとから、立て続けに香村から携帯に電話が入っていたようだが、千郷はずっと電源を切っていた。香村に渡した番号はふだん使っていない携帯のもので、ずっと引き出しに入れっぱなしなのだ。

そろそろいいか…、と思いながら、千郷はこの日、いつものように何気ない様子でフロアに出た。

綾佳ママに挨拶して、カウンターで一杯飲もうとしていたところをさすがに目敏く見つけたらしく、ものすごい勢いで肩をつかまれる。

「おい！　千郷っ！」

「ああ…、香村。どうした？」

千郷は穏やかに微笑んだまま、ちょっと驚いたように聞き返してやる。

「おまえ…っ、どうして電話出ないんだよっ？」

よほどいらだっていたのだろう。自分勝手な用件でかけてきたくせに、理不尽になじってくる。

横にいた綾佳ママが、いかにもな様子で顔をしかめた。

それに、いいよ、というように軽く手を上げて、千郷は綾佳ママに席を外してもらい、さりげなく二人だけになるようにした。しかしそれも待っていられないように綾佳ママを押しのけて、香村が隣のスツールにすわりこむ。

いらだちと憔悴《しょうすい》が、はっきりとそのエリート然とした表情に刻まれていた。部下を多く使う立場になったせいか、他の省庁の人間や外部の出入りの人間もペコペコとしてくるせいか、以前より目に見えて傲慢さと気難しさが顔に出ている。

少しでも自分の思い通りにならないと感情を爆発させる傾向は昔もあったが、あの頃はまだ自分たちが新人に近く、否応なく呑みこむことが多かった。が、今は部下を怒鳴り散らしているのだろう。

「ああ…、海外のつながりにくいところだったから切ってたんだ。それで、何か急用だったのか？」

しかし千郷は意に介した様子も見せず、さらりと受け流してから尋ねた。

「い、いや…、いいんだ、それは」

しかしこれから頼みごとをする身だということを思い出したようで、あわてて語気を弱めた。

「あのさ…、千郷。相談があるんだけどさ…。悪いけどまた少し、ここのオーナーに都合をつけてもらえるように頼んでくれないかな？」

落ち着きなくカウンターに置いた手を組んだり離したりしながら、香村が歯切れ口にする。

注文したジンライムの香りを楽しみながら、千郷はそんなみじめな男の様子を横目に眺め、あっさりと言った。

「もう無理だよ、香村」

一瞬、香村の表情が凍りつき、わなわなと唇が震え出した。そんなことを言われるとは想像もしていなかったように。

「そ、そんな……だって」

うまく舌がまわらないようにうめき、顔色が蒼白になる。

「もうツケも六百万くらいたまってるんだろう？　この店だけでな。外でも借りてるんなら、いいかげん親御さんにでも頼んで精算しておかないと大変なことになるんじゃないのか？」

千郷はまったくの他人事に、淡々と忠告してやる。

この店の分は「ツケ」なので、利息がかさむようなことはない。しかし外の銀行や消費者金融での借り入れには当然利子がついてくるはずで、すでにその利息返済のために新たな借り入れをするような、典型的な借金地獄の連鎖に陥っているのだろう。

「お、親父に言えるわけないだろう…っ！」

ドンッ、と拳をカウンターにたたきつけて、香村が声を荒らげた。その大きな声に、さすがにまわりがざわめいたくらいだ。ちらちらと好奇心に満ちた眼差しを向けてくる。

しかしそんな状態もわからないように、香村はさらにあせったように続ける。

「だから…っ！　その借金を返すために元手がいるんだって！」

「もう無理だよ」

それに千郷はことさらやわらかく、微笑んだままくり返した。まるでダダをこねる子供に言い聞かせるみたいに。

「借金をギャンブルで返せるなんて、本気で考えているのか？」

「頼むっ！　頼むよ、千郷っ！　これが最後だからさ！　友達だろっ⁉」

汗をにじませ、必死の形相で香村が千郷につかみかかるようにして頼んでくる。

そのみじめな姿には、すでに高級官僚といった自負やプライドはみじんもない。

「友達？」

しかしその言葉に、千郷は思わず冷笑した。

「悪いな」

まっすぐに、冷たい目で香村を見つめ返し、千郷は短く、最終宣告のように言った。

その瞬間の、香村の絶望した表情――。

それに胸の奥が沸き立つような、暗い悦びを覚える。

――復讐。

真砂の言った言葉が耳によみがえる。

まさしく、そのつもりだったのだろう。真砂にしてみれば、子供っぽいと思うのかもしれないが。

しかし踏みにじられた人間にしか、その思いはわからない。

「だいたい、虫のいい話だと思わないか？」

呆然と、打ちのめされたようにほうけた表情を見せる香村から視線を剥がし、カラン…、とグラスを揺らしながら、のんびりとした調子で千郷は口を開いた。

「自分が踏みにじって職場から蹴り落とした『友達』に、今さら助けてもらおうなんていうのはね」

瞬間、ヒュッ、と香村が大きく息を呑んだ。

「お、おまえ…、知って……」

初めて気づいたように、カラカラに乾いた声がこぼれ落ちる。

「俺はおまえに恨まれるようなことを何かしたかな？　それとも単に、気持ち悪かっただけか？　別におまえに気があったわけじゃないけどな」

いかにも軽い調子で、まるで世間話でもしているように千郷は続ける。

「おまえ…、おまえは……」

香村が千郷の横顔を凝視しているのがわかる。ただ、あえぐようにうめいた。

「トリプルクラウンを勝ちとったプリンスに目の仇《かたき》にされるほど、俺は優秀な人間だったわけじゃないと思うが？」

一口ジンを喉に落としてから、千郷はゆっくりと横を向いた。

目を見開いたまま、唇を震わせて香村が千郷を見ている。そして突然、何か混乱したように大きく首をふった。

「おまえだってジンクスは知ってるだろうっ？　公務員試験をトップ通過した人間は、結局次官にはなれないってな！　最後にダークホースとしていきなり出てくるのはおまえみたいなヤツなんだよっ。要領がいいだけのっ！」

そして噛みつくように言った。

「おまえは俺が知らないうちに器用に人脈を作ってやがる。たかがこだわりのカレーがどうの、休みに山に登りに行っただの、そんなつまらないことでな！　俺が必死にツテをたどってる横で、おまえはあっさりと茶飲み話をしながら盛り上がってんだよっ！　同期の連中だって、部下だって、おまえの言うことはまともに聞いてたくせに、俺の言うことは話半分だ！」

ヒクヒクと頬を痙攣《けいれん》させるようにして、香村が鬱憤《うっぷん》を吐き出していく。

身体の中にたまっていたそんな毒を、もちろん他の同僚の前では吐き出すこともできずにためこんでいたのだろう。

しかしまったくの言いがかり、というか、千郷にとっては理不尽な難癖にすぎない。

ただ確かに、香村は部下や同僚への仕事の振り方とか、指示の仕方、そして叱り方がへタな男だった。ことさら相手のプライドを傷つけ、反感を買うような言い方になるのだ。

特に所属部署のノンキャリアには嫌われていたようで、一時期、示し合わせたようにそっぽを向かれたこともあったようだ。実際のところ、専門家であるノンキャリアをうまく使いこなすことができなければ、キャリアの出世はおぼつかない。

千郷としては、そんな香村の弱点をフォローするように、何度か間に入ってとりなしてやったこともあったのだが、あるいはそんなことも、表面では礼を言いながら、内心では恨んでいたのだろうか。

結局、香村の自信のなさということだろう。能力はあるはずだったから。

「バカバカしい…。いつだって次官になれるのは同期でたった一人だ。公務員試験をトップ通過した人間が次官になる確率より、それ以外の人間がなる確率の方が高いのはあたりまえだろう。だいたいトップ通過して次官になった人間がいないわけじゃない」

千郷にしても、そんなことで恨まれていたのか、と思うと、本当にバカバカしいというか、情けなくなってくる。

「なあ…、なあ、千郷っ！　頼むよっ！　もう一回だけ、勝負をさせてくれっ」

言うだけ言っておきながら、香村が思い出したように、千郷の腕をつかんで揺さぶってくる。

おそらく、自分が悪いことをした、という意識がないのだ。自分の思い通りにならない世の中が悪い。そんな子供のメンタリティ。

いつまでもこんな男にこだわっていた自分が、本当にバカみたいに思える。

「自分のケツは自分で拭くんだな」

いいかげんうっとうしくなってそれだけ言い捨てると、千郷は遠くからじっとこちらの様子をうかがっていた綾佳ママに視線だけで合図をした。

すると、サングラスの黒服が二人、静かに近づいてくる。組の人間ではなく、プロボクサーを目指しているアルバイトだが、さすがに引き締まった体つきで力も強い。

「おいっ！　千郷！　――待てよっ！　離せって！」

あせったように叫ぶ香村を手際よく千郷から引き剥がし、強引に立たせて引きずるようにフロアから連れ出すと、そのまま表に放り出した。

「お疲れ様です」

ねぎらうように綾佳ママが声をかけてくれて、千郷はそれにちょっと疲れたように微笑み返す。

望んでこの結果まで持ってきたわけだが、だからといって満足感があるわけではない。

ざらついた思いだけが残る。

――だがこれですべて終わったのだ、と。

この時、千郷はそう思っていた。

『あの…、蜂栖賀さん、ちょっと……申し訳ありませんが、すぐにお店にいらしていただけますか？』

綾佳ママから携帯に電話が入ったのは、それから四、五日ほどした昼過ぎだった。

連絡先は知っていたが、彼女から直接電話がくるようなことはまずない。必要もなく、実際、初めてだった。

しかもめずらしく緊張した、動揺を押し殺したような声だ。

「何かありましたか？」

妙な胸騒ぎを覚えつつ聞き返した千郷に、お電話ではちょっと、と濁される。

店はまだオープン前の時間で、客同士のトラブルとかそういう問題ではないはずだ。

「戸張はそっちに行ってないんですか？」

『いえ、それが……。あの、すみません。できるだけ早く、お願いできますでしょうか』

いつになく歯切れ悪く、綾佳ママが頼んできた。

千郷は他の出先に向かっているところだったが、さすがにただごととは思えず、そちらにキャンセルを入れるとすぐに店へと向かった。

香村を放り出してから、ここを訪れたのは初めてだ。

一時間ほどで到着した店は、外から見る限り、ふだんと変わった様子はなかった。

いつものようにスタッフ用の出入り口から中へ入ると、地下の支配人室へと向かう。無造作に扉を開けると、応接室のソファから弾かれるように綾佳ママが立ち上がった。

「蜂栖賀さん……！」

いつものようにきっちりとした着物姿だったが、その表情には緊張と不安がはっきりと浮かんでいる。

そしてその横には、真砂が不機嫌な顔ですわっていた。まるで自分の事務所にいるかのように、どっかりとふんぞり返って。

ちらっとその男に視線をやった千郷に、綾佳ママが、すみません、と頭を下げる。

「私がお呼びしたんです。やっぱりお知らせした方がいいと思いまして」

意味はわからなかったが、千郷は男の存在をとりあえず無視した。

「おはようございます。どうされたんですか？」

千郷はカバンを向かいのソファにおくと、何気ない様子で続き部屋になっている奥のドアを開く。が、中は明かりや、モニターの電源も入れられておらず、誰もいなかった。

ここをオフィス代わりにしている戸張はそろそろ出てきていてもいい頃だったが、このところ千郷が引き継がせるつもりの仕事をいくつもまわしていたので、そちらにかかっているのかもしれない。昼の二時前と、まだ時間が早い。

「めずらしいですね。綾佳さんがそんなにあわてていらっしゃるのは」

ソファにもどると、千郷はあえて落ち着かせるように微笑んでみせる。

「これを」

しかし千郷の言葉も耳に入っていないように、強ばった表情のまま、綾佳ママがスッ……と小さな携帯をテーブルに差し出してきた。中古のように傷だらけで、型落ちのタイプだ。ごついフォルムで、綾佳ママの持ち物とは思えない。

わずかに眉をよせ、千郷はそれを手元に引きよせた。ちらっと綾佳ママと、そして真砂に確認するようにしながら、中を開いてみる。

アドレス帳に登録されていたのは、名前もない電話番号が一つ。メールボックスは送受信とも空だ。あとはフォルダにデータが一つだけ、入っているようだった。

なんだ…？　と思いながら、千郷はそのデータを開く。

瞬間、目に写った写真の光景に、千郷は思わず目を見張った。

見覚えのある風景――まさにこの店のスタッフ用の入り口あたりだ。扉の外側。

そのドアのところに男が一人、転がされるようにして写っていた。後ろ手に縛られ、額や唇からは血がにじみ、明らかに殴られたような暴行の痕《あと》が見える。ぐったりと目を閉じて、生きているのか死んでいるのかもわからない。

戸張だ。

「これは……」

千郷は思わず声を上げた。

「今日…、先ほどお店に出てきたら、裏の入り口のところにおいてありましたの」

強ばった顔でママが報告する。

どうやら戸張が襲われた…、ということらしい。

だが対抗組織の見せしめというだけなら、そのまま転がされているはずだ。その姿がないということは、拉致されたのか。

そもそも戸張は、他の組にそれほど面が割れている方ではない。真砂の舎弟なら、連れ歩いているうちに顔を覚えられるということもあるだろうが、戸張が千郷を手伝い始めてからは、ほとんど表に出ていないのだ。ヤクザ的な表には、という意味だが。

いったい誰が…？　と思うが、相手は店の中には入っていないようだった。真っ昼間の襲撃で、人目もあってそこまで時間の余裕がなかったのか、戸張が頑《がん》としてロックナンバーをしゃべらなかったのか。

「どういうことだ？」

千郷は真砂に向き直って問いただす。

「俺が知るわけないだろ。ただ……、いや」

それにむっつりと返した真砂が、何か言いかけて口をつぐむ。ちょっと顔をしかめた。

心当たりがあるのだろうか？

「この番号には？」

一つだけ登録のある番号。

残しているということは、連絡をしてこい、という意味だろう。

真砂が首をふった。

「ここにおいていったということは、おまえを指名してるんだろう」

軽く唇をなめ、千郷はその番号に発信する。ともかくも、相手を確かめないことには動きようがない。

コール五回ほどで相手が出た。

『よう…、蜂栖賀か』

もしもし？　と無意識に息を潜めるような声に、からかうような野太い男の声が返る。

聞き覚えのあるような、ないような。

「誰だ？」

『俺だ。野添だよ』

「野添……？」

思わずつぶやいた千郷に、真砂がわずかに目をすがめる。

鳴神組と対立する山沖組の幹部。しばらく前に千郷たちが武器取引を潰したことがあったが、野添の方は誰がやったのかは知らないはずだった。まあもちろん、対抗組織を疑ったはずだが、それは鳴神組だけではない。

「何の真似だ?」

低く、脅すように言った千郷に、男が喉で笑う。

『実は知り合いに頼まれちまってなぁ…。おまえにしょわされた借金、どうにかしてくれってさ』

「それは自己責任というやつじゃないんですか?」

淡々と返した千郷にかまわず、野添が続けた。

『実は俺もちょっとおまえんとこの舎弟に聞きたいことがあってな…。ふた月ほど前の、埠頭《ふとう》での取引についてなんだが』

意味ありげな言い方。例の拳銃の密輸についてだろう。

どういう経緯か、野添は千郷と結びつけたらしい。だがはっきりと言わないところをみると、まだ確信が持てるまでいってないのか。

「何のことです?」

一瞬、息を詰めたが、千郷はとぼけた。

『おまえんとこのガキがさばいてやがったんだよ、うちの拳銃をなっ』

いまいましそうに野添が吐き捨てる。

——戸張が?

その言葉に千郷は一瞬、声を失った。まさか…、と思う。まさか、ここに置いている間に間引いて、自分で売りさばいたということだろうか？

「……言ってる意味がわかりませんね」

それでも千郷は冷静に返した。それに、ふん、と野添が鼻を鳴らす。

『まあいい。迷惑料、もろもろ合わせて二千万。おまえんとこの舎弟の代金に持ってきてもらいたいんだがなぁ？　羽振りもよさそうだし、おまえにしてみりゃ、たいした始末金じゃねぇだろ』

「二千万？　バカバカしい…。何の迷惑料ですか。だいたいこんな真似をして、ただですむと思ってるんですか？　野添さん」

『そりゃ、こっちのセリフだ、クソガキが…ッ！』

いかにも相手にしていないような口調で言った千郷に、男がいらだたしげにわめいた。

まあ確かに、五十を過ぎた男からすれば、千郷などはまだ「ガキ」の部類かもしれない。

『……ああ、それと、香村とかいうヤツの借用書も一緒に持ってこい。もちろん、おまえ一人でな』

「香村？」

いきなり野添の口から出た名前に、千郷は目を見張った。

いったいどうして香村が野添と……？

『時間と場所はあとでメールする』

混乱し、言葉をなくしている間にそれだけ言うと、野添が電話を切った。

「野添と香村がつながってたってわけか……」

誰に言うともなくつぶやいた真砂の声で、千郷はようやく我に返った。携帯をテーブルにおき、知らず口元を片手で覆う。

「どうして……、香村が……？」

「別に不思議なことじゃねぇだろ。野添だって金貸しやってんだ。香村がたまたま客だったってことさ。追いつめられた香村にしてみれば、すがる思いで借りられるところには全部当たったんだろうしな…。ま、野添のところじゃ、ケツの毛までむしられるんだろうが。どうして顔の知られてない戸張がターゲットになったのかと思ったが、なるほどな…、香村には戸張がマネージャーだって認識があったんだろう」

それを野添が持っていた情報とすりあわせた、ということだ。

あっさりと指摘され、千郷はそこに思い至らなかった自分に愕然とする。

まさに足下をすくわれた思いだった。真砂の言っていた通りに。

――俺が……香村にこだわったから。

戸張の画像を思い出し、ゾッと背筋が冷たくなった。

無視しておけばよかったものを、あんなふうに追いつめたせいで……。

自分に対する怒りが押しよせてくる。小刻みに身体が震え、無意識に握った拳を膝に押しあてた。

「このところ野添はおまえに目をつけてたようだから、渡りに船だったのかもしれないな。例の取引について、どっかからもれてたのか……?」

真砂が怪訝そうに首をひねった。

「そうなのか?」

ハッと顔を上げて、千郷は聞き返す。

「ああ。妙におまえのまわりを調べまわってるやつらがいると思ったら、野添のとこの連中でな。ここ数日、おまえには二、三人、若いのをつけてたんだが、まさか戸張に行くとはな……」

苦々しげに真砂が顔をしかめた。

そんな真砂の言葉に、千郷はちょっととまどった。気がつかなかったが、ボディガードをつけてくれていたらしい。

野添の取引の件については、関わった人数も少ない。しかも千郷が目をつけられたということは、千郷側の人間からもれたということだ。そして詳細を知っているのは、千郷と戸張だけになる。雇ったダイバーなどは、品物が何かも知らないはずだ。

「じゃあ、やっぱり戸張が……?」

思わずつぶやいた千郷に、なんだ? と真砂が尋ねてくる。

「戸張が例の拳銃をさばいたとか言っていたが」

「戸張が？」

やはり真砂にもピンと来ないようで首をひねる。

「数は合ってたのか？」

尋ねた千郷に、真砂が首のあたりを撫でながら難しく顔をしかめた。

「もともとの数がわからねぇからなんとも言えないが、確かに半端な数だったな。四十九丁」

油紙に包まれ、クッション材に包まれた拳銃がキャリーバッグに詰めこまれていたわけだが、千郷は一つを開けて中身を確認しただけで、関わる気もなかったから数も数えていない。

だが確かに、それなら一丁抜かれていた可能性はある。

と、その時、真砂の携帯に着信があって、無造作に電話に出た。

ああ、わかった、と短く答えただけで切ると、千郷に顎をしゃくるようにして言った。

「若いのが出勤してきたらしいぞ」

どうやら外に舎弟を立たせているらしい。

ああ…、とうなずいた千郷に、私が、と黙って話を聞いていた綾佳ママが席を立ち、ドアロックを解除した。

重苦しい空気を蹴散らすように入ってきたのは、源太だ。

「ざぁっす！　――えっ？　ど、どうしたんっすか……？　戸張の兄貴は……？」

しかしさすがに何かを感じたらしく、きょろきょろとあたりを見まわす。

静かに顔を上げて、千郷は尋ねた。

「源太、おまえ、戸張が最近、拳銃をさばいたって話、知ってるか？　ここにおいてあったヤツだ」

その問いに、えっ？　と甲高い声を上げた源太が、みるみる顔色を変えた。

「とっとっ…戸張の兄貴が……ですか？　あ、あの拳銃を……？」

いかにも挙動不審で、視線が落ち着かない。

こいつ…？　と千郷が疑ったのと同時だった。

「おまえか、クソボケっ！」

いきなり立ち上がった真砂が源太の胸倉を引っつかむと、そのまま振りまわすようにして顔をテーブルにたたきつけ、床へ転がした。さらに足で何度も腹を蹴り上げる。

「やめろ、真砂」

千郷の方は怒るタイミングを逸し、止めに入るしかない。

ぴしゃりと言った千郷の声に、ようやく真砂が攻撃をやめた。チッ…と舌打ちすると、どかっとソファにすわり直す。

源太は跳ね上がるように床に正座して顔を伏せたまま、すいませんっ、すいませんっ、と泣きながらあやまっている。

なるほど、ガンマニアでいろんなモデルガンを集めるのに飽きたらず、本物に触りたくてヤクザになったような男だ。我慢できず一つくすねたものの、コピーだったので小遣い稼ぎにうっかり売ってしまった——、というあたりだろう。

「それで、どうする？　ま、関係ないと見捨てることもできるんだろうがな」

小指で耳をほじりながら、どこかのんびりとした口調で真砂が尋ねてくる。

相手にしても、こちらの出方をうかがっているのだろう。

もちろん、言いがかりだ、と突っぱねて無視することはできる。そうすると、あきらめて戸張を返すかもしれないが、そのまま海に沈められることも考えられる。いや、腹いせと見せしめを兼ねて、ひどい殺され方で放り出される可能性も高い。

「俺が話をつけてみるか？」

試すような、真砂の声。いかにも荒事に慣れた。

千郷はそっと息を吸いこんで、まっすぐに顔を上げた。

「俺が行く。戸張は……、俺の舎弟だ」

にらむような千郷の目を見返して、真砂がふっと吐息で笑った。

「戸張はおまえに懐いてたからなァ…」

この世界に入って、先代以外、誰も信じることもなくやってきた。そのつもりだった。他の人間は、いつでも切り捨てていいつもりで。切り捨てられるつもりで。

だが――結局、できなかったということだ。いつの間にか、守るべき責任ができていた。俺だけ信じてろ、と言った先代には、おそらくそれがわかっていたのだろう。

どこかで先代が笑っているような気がした。

「戸張のことは俺がなんとかする。何か問題になったら破門状でもまわしてくれ。ちょうどいい」

こんなことなら、もっと早く組を出ればよかった。それだけを後悔する。

「ふざけるな。おまえが野添とコトを構えて、うちのが勝手にやりました、破門しました、で話がすむわけねぇだろ」

しかし真砂にぴしゃりと言われ、千郷は唇を噛んだ。

「香村はうちにも借り入れがある。野添が関わってくるとなると回収は難しくなるだろう。源太っつったか？　このガキの不始末も、香村の件についても、おまえのミスだ。きっちり落とし前をつける覚悟はあるのか？」

容赦のない厳しい言葉。だがその通りだった。

香村に言ったように、自分のミスは自分で尻拭いしなければならない。それができないようなら、この世界では生きていけない。

そっと息を吸いこんで、千郷は男をにらみながら静かに言った。

「この件は俺がカタをつける。おまえに迷惑をかける気はない。余計な手は出すな」

真砂が関われば、それこそ何かあった時に真砂の責任問題にもなる。

それに真砂がにやりと唇で笑った。足を組んで、ソファにふんぞり返る。

「意地っ張りだなァ…。お願いされりゃ、俺だって片手くらいはタダで貸すけどな？」

「ほざけ」

口にしたものの、さすがに不安と方策の見えない困難さに押し潰されそうだった気持ちが、真砂の言い草にカッ…、と身体の奥で熱が上がる。

「ま、こっちに飛び火しないようにしてくれよ。あの件がバレたらうるさい」

「わかってる」

むっつりと答えた千郷は、ふと思いついて尋ねた。

「……ああ、真砂。この間の拳銃、十丁ばかり譲ってもらえるか？」

さりげない調子で言ったのだが、内容はかなりきわどい。

うん？ と真砂が千郷の顔をのぞきこんできた。

おたがいに探り合うような眼差しが絡み合う。

戦争する気か？ とでも聞かれるかと思ったが。

「金払えよ」

真砂はそう言っただけだった。

◇

◇

指定されたのは、翌日の水曜。午後二時。

郊外のショッピング・モールに併設された立体駐車場だった。

人の少ない時間帯を狙っているのだろう。千郷が入ったあとは、おそらく組員を立たせて邪魔が入らないように他の車は別の階へ誘導させているはずだ。指定された階へ車で侵入した時、入り口の横に整備員らしい服を着た男が立っているのを見かけたが、こんな立体駐車場の個別の階に整備員がいるのは、ほとんど見ない。

千郷が運転するのは、黒のBMWだ。スピードを落として、昼間でも薄暗い駐車場の屋内へ入ると、すぐに整備員っぽい作業服の男がくるくると腕をまわして奥へとうながす。やはり平日のこの時間だと駐車場もかなり空いていて、本来なら誘導されるような状況ではない。

さらに人の来ないような駐車場の隅へと、千郷は追いこまれた。

そして突き当たったところに、シルバーのワゴン車が一台、停まっている。

距離をおいて、千郷はエンジンを切った。淀んだ空気の中で、シン…と沈黙が耳に痛いようだ。

千郷はドアを開け、ゆっくりと車を降りた。ドアを閉める音が大きく反響する。

と、正面のワゴン車がいきなりヘッドライトを点灯させる。

そのまぶしさに千郷は片腕を上げ、わずかに目を伏せた。

「本当に舎弟一人のためにのこのこ来るとはな…、蜂栖賀」

と、電話で聞いた男の声がくぐもって響く。

「できるヤツなんでね。とられると困るんですよ」

落ち着いて千郷も返した。

そして助手席から金の入ったアタッシュケースを引っ張り出そうとして、止められる。

「そのままそこで立ってろ」

言われるままに立っていると、光の中から男の影が二つ、近づいてきた。舎弟らしい、ブルゾン姿の若い男だ。オールバックにしているのと、もう一人はやわらかそうな布のキャップにサングラスをつけている。

どうやらボディチェックということらしく、一人が千郷の前に立ったのに、千郷は素直に両手を上げてみせる。さらにもう一人は車の中を確認していた。リアシートやトランクまで。

そんなお決まりの作業の間にも、野添のからかうような声が聞こえてくる。

「オトモダチの半次郎に頼まなかったのか?」

意味深な言い方は、千郷と真砂の関係——というよりも、真砂が千郷にちょっかいをかけているのを知っているのか、あるいは単に、鳴神組の双璧と言われる仲なら、という意味なのか。

「うかつに狂犬同士をぶつけると大惨事なんでね。そんなにことを大げさにしたいわけじゃない。今回は遠慮してもらったんですよ」

「そりゃ確かだ」

さらりと答えた千郷に、ハッハッハッと豪快に声を上げて野添が笑った。

「狂犬」を一種の褒め言葉にとらえているのだろう。「武闘派」のような。真砂と並べられたのが、野添としては案外、まんざらではないのかもしれない。

パンパンと腰や足がはたかれて型通りのチェックが終わると、もう一人の男が助手席を開けて勝手にアタッシュケースを持ち出した。

行け、と顎で示され、千郷はゆっくりと野添に近づいていく。靴音だけが大きく反響した。

近くまで行くと、ようやくヘッドライトが消され、薄暗い中に見覚えのある野添の顔が浮かび上がった。ダブルのスーツを着た、背の低い男だ。

「ああ…、そうだ。香村とかいう男の借用書は持ってきたか?」

聞かれて、千郷は内ポケットから封筒を取り出した。

おい、と野添が顎をしゃくると、後ろのワゴン車の扉ががらっと引かれ、若いのが中へ首をつっこんで、「おい、確認しろっ！」と怒鳴りつけた。

車からおずおずと、腰が引けるように下りてきたのは、香村だ。

「香村……」

思わず、千郷は男をにらむ。

若いのが千郷の手から封筒をひったくるようにとると、それを香村に突き出した。あたりまえだが、こんなヤクザの取引といった現場に慣れていないのだろう、香村が震える手で不器用に封筒を開け、ガサガサと数枚の紙を開いて中を確認する。

「間違いないのか？」

めんどくさそうに野添に聞かれて、ガクガクとうなずいた。

「律儀だな…、蜂栖賀よ。若いの一人にいくらかける気だ？　代わりはいくらでもいるだろうによ…」

野添が顎を撫で、あきれたように鼻を鳴らす。

「言っただろう？　結局コイツはそういう甘い男なんだよ！　見かけは偉そうにしてても、昔とちっとも変わらないな！」

香村が引きつったように笑いながら、ギラギラと異様に光る目で千郷をにらむ。

「まさかヤクザになってたとはな…。堕《お》ちたもんだな、千郷っ」

「おまえはそのヤクザの手を借りなきゃ、自分の尻も拭けないようなクズだったわけだ」

ちらっと香村に視線をやり、千郷は淡々と返した。

「なんだとっ？」

気色ばんだ香村に、野添がうるさそうに手をふる。

「さっさとうせろ、クソが。邪魔なんだよ」

ヤクザをけなすことは、自分のすぐ横にいる男もけなすことになるのだと思い至らないあたりが、香村の社会常識のなさなのだろう。

「こ…これでおまえのところの借金も帳消しだなっ⁉」

借用書の封筒を握りしめ、鼻白んだようにわずかに後退りながらも、香村が尋ねている。

「あぁ？　にぃさん…、アンタ、あんまりヤクザを甘く見ない方がいいぜ？」

しかし野添にちろっと横目にされ、舎弟にこづかれるようにして、香村が転びそうになりながら一番近くの通用口へ走っていった。

「兄貴」

そしてさっき車からアタッシュケースを抱えて出た男が、ワゴンの側に止めてあった車のボンネットにケースをのせ、中を開いてみせる。二千万だ。無造作に百万の束を摘み上げ、ぱらっとめくって確認する。

うなずいた舎弟に野添がうなずき返し、にやっと笑って千郷を見た。

「さすがに羽振りがいいなァ…、蜂栖賀。あやかりたいモンだぜ」

「戸張はどこにいるんです?」

ちらっとうかがうようにワゴンを眺めてみるが、スモークシートが張られていて中の様子はわからない。が、舎弟たちがまったく意識していないところを見ると、その車にはいないようだ。

「心配するな。あとで返してやるよ。……ま、あんたの出方次第だけどな?」

小ずるそうな笑み。

「生きてるんでしょうね?」

「死んじゃいねぇ。うっかり殺《や》るとあとの処理が面倒だからな」

まっすぐに男をにらみ返して確認した千郷に、野添がいいかげんな調子で答えた。

あやしいが、信用するしかない。確かに半殺しで返すくらいが、野添には都合がいいはずだ。

と、野添がいきなり表情を変え、凄みのある、ねっとりと低い声を押し出した。

「だがその前に、アンタにはメンツを潰されたんだ。その礼はたっぷりとさせてもらわないとなァ?」

「何の話です?」

「とぼけんなよっ！　てめぇんとこのガキが銃を売ったってのはわかってんだよっ！」

横から唾を飛ばす勢いでわめいた舎弟が、千郷の喉元を締め上げる。

「言いがかりですね。うちの舎弟にはガンマニアも多いですから。コレクションもあるし、同じような銃を持ってたって別に不思議じゃない」

息苦しさを覚えながらも、千郷はあくまでしらを切った。どうせ認めても認めなくても、自分を痛めつけるつもりなのは同じなのだ。

「きいたふうなことを抜かしてんじゃねぇよっ！」

男が乱暴に千郷の身体を突き放し、千郷はわずかによろめいた。

おい、という野添の合図で千郷は両脇から二人の男に押さえこまれ、そのまま車のボンネットに両手をつかされた。

ある程度、覚悟はしていたが、展開がわかっているわけではない。何をされるのかは。

冷や汗が背中を伝い、千郷はそっと息を吐く。

「鳴神の先代にはずいぶん可愛がってもらってたそうだなぁ、蜂栖賀？　確かに、男にしとくにはもったいないくらいおキレイなツラだが、この顔でたらしこんだのか？」

背中に張りつくくらいに野添が近づき、肩に顎を乗せるようにして耳元でいやらしくささやいてくる。手のひらがズボンの上から尻を撫でまわし、いきなり抱きかかえるように両手を前にまわすと、千郷のズボンのベルトを外し始めた。

「何をする気だ…っ？」

思わず千郷は声を上げる。とっさに振り払おうと身をよじったが、左右から男に腕を押さえつけられていて、まともに動くこともできない。

野添の手はあっさりとベルトを引き抜き、ズボンのファスナーを引き下ろした。そのまま、無造作にズボンが引き下ろされる。

「よせ…っ！　やめろっ！」

「いい子にしてな」

たまらず叫ぶが、野添は耳元でせせら笑っただけだった。

苦もなく下着まで引き下ろされ、容赦なく下肢がさらされて、さすがに背筋が凍りつく。

「ハハハッ、可愛いケツ、してんじゃねぇか」

ぴしゃりと剥き出しの尻が平手でたたかれ、ザッと全身に鳥肌が立つようだった。

何をされるのか――想像ができないはずもない。

輪姦《まわ》される…、ということだろう。

情けなく震え出しそうだったが、グッ…、と奥歯を噛みしめてこらえた。

それが自分のミスに対するペナルティということなら、仕方がない、とも思う。一つのミスが命をとられることだってある業界だ。

ちらっと、真砂の不敵で不遜な顔が頭をよぎった。

――あいつは……怒るだろうか？

そう思うと、妙におかしい。

「準備はいいか？」

と、野添が舎弟たちに声をかけ、次の瞬間、無造作に尻が割り開かれた。ついでストローのような硬い先が押しこまれ、いきなり冷たい液体が身体の中に注ぎこまれる。

「やめろ…っ！」

とっさに飛び出した情けない悲鳴のような声が、がらんとした駐車場に大きく反響する。

何をされているのかわからない恐怖。何を入れられているのか、だ。

「きっついな…」

さらにかきまわすように指がつっこまれ、そして――何かつるんとした丸い塊が奥まで押しこまれた。

「なに…っ？」

ぶるっと反射的に震えた身体に、今度は膝までずり落ちていた下着とズボンが引き上げられ、もと通りに穿《は》かされる。ベルトはなく、ボタンがかけられただけの状態だ。

ようやく両腕が解放され、千郷は腰に異物感の残るまま、じりじりとふり返った。千郷を取り囲むようにしていた男たちが、にやにやといかにもいやらしい目で眺めている。

中の一人、さっきのサングラスの男は片手に小ぶりなビデオカメラを抱えていた。

「何を……?」

かすれた声で、それでもにらむように野添に尋ねた時だ。

おい、と野添が顎をしゃくるようにすると、そのサングラスの男がもう片方の手に握っていたらしい何かのリモコンのスイッチを入れる。

「なっ…、あぁぁぁ……っ」

瞬間、身体の奥に激しい振動が走り、たまらず声を上げて千郷はその場で膝をついてしまった。反射的に腹部を押さえてうずくまる。

小さなモーター音も耳に届き、どうやら中に入れられたのはローターのようだ。

男たちの下卑た笑い声が頭の上から降ってきた。

荒い息でなんとか呼吸を整えようとする千郷の目の前に、近づいてきた男の革靴が立ち止まる。そしていきなり髪がつかまれ、顔が上げさせられた。

「おしゃぶりもうまいんだろうなァ…? 先代のお仕込みをぜひ試させてもらいてぇな」

野添が言いながら、千郷の目の前で自分のジッパーを引き下ろす。

「誰が…、てめぇの汚いモノなんか…っ、――ふぅっ…あぁぁぁ……っ!」

千郷ががむしゃらに顔を背け、吐き出した瞬間、身体の奥をえぐる振動が一段と激しくなった。

ろくな抵抗もできないままに顎がつかまれ、男のモノが唇に押しあてられた。必死に引き結んだが、どうしようもなくあえぎがこぼれるのと同時に、口に含まされる。

生臭い匂いが鼻をついた。喉の奥までねじこまれ、息苦しさに涙がにじむ。

「ほらっ、舌、使えよ！　おまえんとこのガキに無事に帰ってきてほしいんだろ？

……ったく、たいしたことねぇな」

野添がいらだたしげに千郷の頬をたたき、腰を揺すり上げる。尖った靴の先が、千郷の股間を刺激するように突き上げてくる。

前と腰の奥に絶え間なく与えられる刺激に、頭の中がだんだんと濁ってくる。

「イイ顔、するじゃねぇか……」

男が満足そうにかすれた声でつぶやいた。

男のモノが口の中で大きく膨れ上がり、苦い唾液が口いっぱいにたまる。

そして低いうめき声とともに、野添が千郷の口の中で果てた。

ため息とともに、ようやくズルリと引き抜かれ、やっと呼吸が楽になる。えずきそうになり、千郷は口の中にたまったものを唾と一緒に吐き出した。

「どうだ、俺の味は？　いいざまだな…、蜂栖賀」

ペチペチと千郷の頬をたたき、野添が強引に千郷の腕を引いて立たせた。

膝に力が入らず、千郷はなんとか車のボンネットに腕をつけて身体を支える。ハァハァ…と、肩で大きな息をついてしまう。

身体の中のモノは少し弱くなったが絶え間なく動き続け、じくじくと身体の内側から肌をむしばんでいくようだった。額に冷たい汗がにじんでくる。

「おまえにはこれから、店の中を一周してきてもらう。もちろん、今のその恥ずかしい格好でな」

「な……」

楽しげに、冷酷に言われた言葉に、千郷は大きく目を見開いた。

「買い物中の皆様に、おまえのもの欲しげないやらしい顔を見てもらえよ。帰ってきたらちょうどおまえの中もいい具合にほぐれてんだろ。ドロドロに溶けて、男が欲しくてたまらなくなってる。そしたら俺たちみんなで、順番に楽しませてやるよ」

いいっすねぇ！　と甲高い声で合いの手が入る。

行ってこい、と野添に肩をたたかれたのは、サングラスの男だ。手にしていたビデオをショルダーバッグの中に収め、どうやらレンズの部分はバッグの側面がくり抜かれていて外を撮影できるようになっているらしい。手にした携帯のようなもので、画面もチェックできるようだ。

「ほら、来いよ！」

男が強引に千郷の腕を引っ張ると軽く突き放し、半歩先を歩かせるようにする。

千郷は必死に足に力を入れて、ようやく足を進めた。

ショッピング・モールとの通用口に入り、エレベーターに乗って一階まで下りると、さすがに平日とはいえ、多くの客でにぎわっているショッピング街が目の前に出現する。

「さっさと行けよ。時間食うと、余計に大変なんじゃないのか?」

横から楽しげに男が命じる。

千郷はよろよろとエレベーターから出て、重い身体を引きずるように歩き出した。

「——くっ…、う……」

一歩、足を踏み出すごとに脂汗がにじんでくる。バイブの音が外にもれ、まわりの人間がみんな、変な目で自分を見ているような気になってくる。明るいBGMがひどく空々しく、遠かった。

「確かに、色っぽいよなァ…」

どこか虚ろな千郷の表情に、ショルダーの位置をピタリと決めたまま、ため息をつくように男がつぶやいた。

ようやく二百メートルも進むと、どうにも膝が崩れそうになり、おいてあったベンチに倒れこんでしまった。なんとか乱れた息を整えようとする。

「おいおい…、こんなところで休んでるヒマはないぜ?」

手元の携帯の画面をのぞきながら、男が楽しげに言うと、もう片方の手でリモコンを操作した。

「うぁ…っ」

瞬間、中の振動がマックスにまで上げられたらしく、千郷は反射的に腰を締めつけてしまう。だがそれでさらに身体への刺激を強く感じ、自分の身体を抱えこむようにして必死にこらえた。

前もすでに反応し、下着の中も恥ずかしく濡らしてしまっている。

「歩きにくそうだな？　ほら、あそこのトイレに行きな」

男が吐息で笑って、千郷の腕を引っ張り強引に立たせる。なかば男の肩につかまるようにして、千郷はよろけながらなんとか通路に入ると、男子トイレの中にあった身障者用の広いスペースに押しこまれた。崩れるように座面にすわる。

あとから男も一緒に入ってくると、後ろ手にスライドのドアを閉じ、ショルダーバッグのカメラをまっすぐに千郷に向けてきた。

「ほら…、いいぜ？　自分で慰めてみろよ」

いかにもいやらしい笑い声で言われ、ハッと千郷は顔を上げた。

しかし痛いくらいに張りつめた前はもう限界で、千郷は唇を噛んで強ばった手でズボンのボタンを外し、もどかしくファスナーを引き下ろす。

身体の奥で小さな機械は振動を続け、さらに千郷の身体を狂わせていく。

その姿がずっとカメラで追われているのはわかっていたが、なかば意識は朦朧としていて、すでに男の存在も頭から消えかけていた。

ぎゅっと固く目を閉じて、腰を揺すりながら取り出した自分のモノを両手でしごき上げていく。

「あぁ…っ、あぁぁ……っ」

その間もずっと後ろは刺激されっぱなしで、長くはもたなかった。

あっという間に射精してしまう。

解放感にホッとするが、腰の異物が止まるわけではなく、一向に熱は引かない。

荒い息を整えながら虚ろに顔を上げると、サングラスの男がせかせかとショルダーを肩にかけ直しているところだった。どこかあわてた様子なのは、千郷の自慰を間近に見ていたせいで、自分も催してしまったのか。

「立てるか？　行くぞ」

咳払いするように男が言って、腕が引かれ、立たされる。

声がもれていたのではないかと不安になったが、トイレに他の人間の姿はなかった。

……いや、隣の個室のドアが閉まっていたから、案外、中にいた男はじっくりと聞いていたのかもしれないが。

男の肩にもたれるようにして、なんとか千郷はおぼつかない足を動かした。

やはり乱れた髪や、着崩したスーツや、どこか虚ろな表情や…、様子がおかしいのは明らかなのだろう。妄想でなく、時折すれ違う客がぎょっとした目で千郷を眺めていく。

だがそんなことを意識していられる余裕はなかった。

そしてどのくらい歩いたあとか、エレベーターに乗りこみ、もとの駐車場にもどる。

野太いバカ笑いが聞こえ、男たちは楽しげに談笑しているようだった。ワゴンの横で、足下にはタバコの吸い殻が散乱している。

「おお？　淫乱《いんらん》な子猫ちゃんが帰ってきたようだな」

こちらに気づいて、野添がにやにやと声を上げる。

「いやぁ、兄貴。コイツは猛毒を持ったミツバチちゃんだそうですよ？」

側で舎弟がおもねるように笑った。

「ほう？　じゃあ尻から大事な針が抜かれて、ケツの穴もずいぶん淋しい思いをしてるんだろうぜ」

そんな下卑た冗談に、野添を囲んでいた数人が声を上げて笑った。

「どうだ？　いい絵が撮れたか？」

上機嫌に聞かれ、ハイ、と後ろで男が頭を垂れてうなずく。

ほら、と野添の前に突き放され、千郷はなんとかセダンのボンネットに両手をついて身体を支えた。

「ま、これからが本番だけどな。このビデオが流れたら、おまえ、この世界じゃ生きていられなくなるぜ？」

愉快そうに言いながらタバコを投げ捨て、野添がゆっくりと近づいてきた。

それでも必死ににらみつける千郷の顎を強引につかむ。

「玄人受けするんだろうなァ…。みんな、鳴神の先代のイロがアノ時どんなふうにあえぐのか、興味はあるだろうからな。市販のルートに流すより、各組事務所に一個ずつ進呈してやってもいいかもな」

どうせ辞めるつもりだったから、自分がどんな目で見られようが、それはかまわない。が、先代を穢《けが》すような真似は許せなかった。

「ゲス野郎が…。あんたのちんけなモノを各組長さんの目にさらす覚悟があるんならやってみろ」

吐き捨てた千郷の顔が、ガンッ！　とボンネットにたたきつけられる。額に割れるような痛みが走り、しかし少し、身体の疼きを忘れられる。

「すぐにその下品な口をもっとお上品に矯正してやるよ。アンアン尻を振って、男をくわえこむ可愛い姿を見てもらえっ」

怒りを押し殺したような声で言うと、野添が千郷のネクタイを引いて千郷の身体を吊り上げ、力任せにシャツを引きちぎる。

手を離された瞬間、千郷の身体は背中からボンネットに落ちた。

「あぅ…っ」

鈍い痛みに低い声がもれる。さらにネクタイがむしり取られ、身体が裏返しにされて、スーツが脱がされると、ボンネットに腹ばいに伏せられた。

「おい、こいつで腕を縛っとけっ」

ネクタイを千郷の顔の横に放り投げると、野添は荒い息をつきながらベルトを外し、自分のモノを取り出して、千郷のズボンに手をかける。

「早くしろっ！」

しかし舎弟たちになかなか動く気配がなく、野添がいらだったように叫んだ。

と、その時、空気を切るようなかすかな音が千郷の耳に届く。

バシュッ！　というその鋭い音が、最初何の音かわからなかった。

ついで、低くうめく男の声が背中でこぼれ、さらにバシュッ、バシュッ、と続けざまに同じ音が聞こえてくる。

「おい、どうしたっ？　──なっ……」

さすがに異変を感じたようにふり返った野添のこめかみに、冷たい金属が押しあてられていた。

消音器付の拳銃だ。

さすがに野添が目を見開いて絶句する。

「おっさんの小汚ねぇブツを見せんじゃねぇよ、クズが」

そして低く、怒りを煮詰めたような声。まっすぐに、射貫くような眼差し。

「てめぇ…、真砂かっ⁉」

野添が青筋を立て、キレたように叫んだ。

肩越しに着崩れたスーツ姿の男を認め、無意識に野添から身体を離すようにして、千郷はよろよろと向き直る。

「おまえ……、なんで……？」

うめいた千郷にかまわず、真砂の指が引き金を引く。

バシュッ！　と間近で響いた発射音に、千郷は反射的に顔をしかめた。

ぐおぉぉ…っ、と野添の悲鳴がほとばしる。白目を剥くようにして、足下で情けなく腰をついていた野添の、股間を押さえた指の間からは鮮血がにじんでいた。

「ひぁあっ…！　よせっ、やめろ……っ！」

さらにそこを狙って銃を構えた真砂に野添は顔を引きつらせたが、表情も変えず、真砂はもう一発、発射する。

竿が折れたのか、玉が撃ち抜かれたのか。

ギャーッ！　という怪鳥の悲鳴のような声を上げ、大きく身体を跳ね上げて、野添がさらに床をのたうちまわった。

そして、おい、と真砂がふり返って顎をしゃくると、黒っぽいジャージ姿の若いのが走りよってきて、手際よく野添の両手を後ろでガムテープで縛り、ついでにやかましく悲鳴を上げ続ける口をふさいだ。

そのまま引きずるようにして、ワゴン車に放りこんでいる。

ようやく息をつき、千郷があたりを見まわすと、他の側近の男たちも苦痛の声を上げながら芋虫のように床に転がり、それを――さっきのサングラスの男だ。彼がやはり一人ずつガムテープで縛り上げ、口をふさいでから引きずるようにして連中のワゴン車の中にせっせと押しこんでいた。他にも若いのが数人、それを手伝っている。

あ…、とようやく千郷は気づいた。

サングラスの男は、最初に千郷の身体検査をした時の男とは変わっていた。服装は同じ、というか、おそらくもとの男の身ぐるみを剥いだのだろう。

隆次だ。真砂の舎弟。

いったいいつの間にすり替わったのか……？

考えてみるが、モールを歩かされる前は間違いなく野添の舎弟だったから、歩いている最中――トイレででも入れ替わったのだろうか。自分たちを見張っていた隆次が、野添からの伝言でも伝えるふりでトイレのドアを開けさせて。

千郷も意識がはっきりとしていなかったので、……その、自分がしている間、男が何をしていたのかはまったく記憶にない。

そうだ。あのトイレの閉まっていた隣の個室に、あるいはもとの男は放りこまれていたのかもしれない。

気がつけば、いつの間にか、身体の奥のバイブも動きを止めていた。

他にも駐車場中に野添の配下がいたはずだが、おそらく千郷がモールの中を歩いていた間、トイレだとか見まわりだとかで舎弟たちが一人になるたび、片づけていたのだろう。

「おまえ、どうやって入りこんだ…？」

隙を見て襲ったにしても、そうするためには中へ入りこまなければならない。が、入り口には野添の配下が始めから立っていたはずだった。

「ヤツらが来る何時間も前、ここがオープンした時から車ん中で張り込んでただけだ」

あっさりと言われ、なるほど、と思う。始めから何台かで乗りこみ、駐車場の中に潜んでいたわけだ。

と、ハッと思い出した。

「戸張はっ？」

思わず、真砂の襟元につかみかかる。

「ああ…、大丈夫だ。見つけてある。ここには連れてきてると思ってたからな。ただ駐車場のどこにいるのか探すのが一苦労だったが」

どうやら別の階の駐車場で、車に監禁されていたらしい。

「結構ひどくやられてたんでな。一人つけて病院にやったよ」

ほっと千郷は息を吐き、前髪をかき上げた。

「よかった……」

思わず声がもれる。

「ま、おまえもこれだけカラダを張りゃ、十分だろ」

言いながら、真砂が手の甲でツッ…、と剥き出しになっていた千郷の胸を撫で上げる。

「なんで来た…?」

それを払い落とし、千郷は冷ややかに尋ねた。

「助けはいらないと言っただろう?」

それに真砂は軽く肩をすくめてみせる。

そしておもむろに上着を脱ぎ、千郷の背中から着せかけた。

シャツの前が引きちぎられていたので、それこそ乱暴されたあとのようなひどい状態だ。

「手は貸さないが、一肌脱いだだけだ。……俺はおまえの前でなら、いつだって諸肌脱ぐ気はまんまんだからな」

いつもの真砂の調子だった。

にやっと笑って偉そうに言われ、しかしさすがにちょっと照れるような気持ちで、千郷は羽織らされたスーツの端をつかみながらも視線を外す。

そうだ。真砂はいつでもきっちりとフォローしてくれる。自分の足りないところを。

「もちろん、俺を脱がしたからにはきっちり責任とってもらわなきゃいけねぇが？」

「おまえが勝手にしたことだろう」

文字通りスーツを脱いで調子に乗る男に、千郷は淡々と返した。

「ご褒美はもらえねぇのか？」

「言っただろう？　おまえは詰めが甘い。これじゃ、山沖組にケンカを売るようなものだ」

ヘタをすると抗争になる。

「先におまえに手を出したのはあっちだぜ？　やり返しただけだろ。ケンカを売られて返せないんじゃ、メンツが立たねぇ。メンツを立てられなきゃ、ヤクザじゃねぇからな」

すかした調子で言ったが、もっと突き詰めれば、本当はこちらが先に取引の邪魔をしたのだと言える。

「――車！」

思わずため息をついた千郷にかまわず、真砂が手を上げて車を呼んだ。

真砂の、黒のベンツ。

リアシートが開かれ、乗るようにうながされて、あ…、と思い出した。

「俺も自分の車がある」

「運転できんのか?」

まともに聞かれて、ちょっとつまった。

確かにまだ身体の奥にローターは入ったままで…、万全とは言えないだろう。

おそらく…、どこか近くに停めていた車の中で、真砂は千郷たちのやりとりを見ていたのかもしれない。

……千郷が野添にしゃぶらされているところも。

もっと早く助けに来いよ、と一瞬、理不尽にムッとしたが、まあ、戸張の安全が確認できるまで動けなかったということだろう。

「おまえの車はマンションまでまわしといてやるよ。——ああ、連中のワゴンは山沖の事務所の前に捨てとけ。他の転がってるヤツらも全部拾っておけよ!」

あとの方はテキパキと動いている舎弟に声をかけると、駐車場中に響くような声で、

「はいっ! わかりましたっ!」と威勢のいい唱和が返ってきた。

千郷はベンツのリアシートに乗り込み、真砂がその横に大きな身体をねじこんでくる。

運転手は隆次だ。

「兄貴、これを」

前からふり返って、真砂に小さなものを手渡す。データカードのようなそれは、おそらく……さっきのビデオの中身だ。

真砂は黙って受けとると、ポケットに収めた。

うさん臭い目でそれをじっと見つめてやると、真砂が体裁悪いように肩をすくめた。

「いっぺん見せろ。見たら処分するさ。……俺の見てないおまえの姿が他の男の目にさらされんのは、やっぱりおもしろくねぇからな」

ふん…、と小さく鼻を鳴らしたが、千郷は何も言わなかった。

車が動き出してから、静かに口を開く。

「誰か若いのに…、山沖の組長か若頭に密告させてくれ。野添の女のところに拳銃が隠してあるってな」

「あぁ？　なんだと？」

意味がわからないように真砂がうめいたが、しばらく千郷の顔を見ているうちにようやくつながったようだ。

つまり「取引が潰された」というのは、金とブツと両方手に入れるために仕組んだ野添の茶番だったと山沖組の上層部に思わせる。一般企業で言えば、背任横領というところだ。つまり組長がコケにされたことになるわけで、野添の始末は山沖組でつけてくれるはずだった。

そのために千郷は、野添の愛人を抱きこんでいた。野添が今入れこんで囲っているのは、借金のカタに無理やり手込めにした女だ。愛人として抱かれ、いくら贅沢をさせてもらっているとしても、野添を恨んでいる。

身の安全は間違いなく保障する、という約束で、女は千郷の計画に乗ってくれた。密告を受けて、山沖の舎弟が女の部屋を家探しする。銃が見つかり、野添を問い詰めても、もちろん知らないと訴えるだろう。ハメられたのだ、と。

だがそこで女が「野添に言われて隠してました」と答えれば、山沖としてはそちらを信じたくなるだろう。

そうでなくとも、少々手を焼いていた「狂犬」だ。山沖にしてみれば、駆除できる口実にもなる。

千郷としても、やり合う相手の情報は、できる限り事前にきっちりと集めていた。

「あの銃、それに使ったのか…。ま、おまえが武装して乗りこむとは思わなかったが、そこまで仕込んでたとはな」

真砂が感心したようにうなる。

「こえぇな…。数字を覚えるのだけが得意な世間知らずのエリートだと思ってたが、ずいぶんなやり方を覚えたもんだ」

容赦なく人をハメ、利用し、銃で撃たれるのを見ても何も感じない。

そういう世界に生きていることが、あたりまえのように思える。

「昔とはずいぶん変わったよ。特に口の利き方がお上品になった」

すまして言った千郷に、クックッ…、と真砂が喉で笑う。

「そうだよな。野添にタンカを切る口調はヤクザだった」

そう言われてちょっとうれしく思うのは、おそらく人として間違っているのだろう。

「先代の仕込みがよかったんだよ」

さらりと言うと、ふーん、とおもしろくなさそうに真砂がうなった。

一時間ほどで、車は千郷のマンションに着いた。あたりまえのように真砂も下りて、一緒に部屋に入ってくる。舎弟は下に残した。

そのへんが先代とは違うところだ。あるいはヘタに部屋に上げて、かつての自分と同じように千郷を妙な目で見る連中が出てくるのを避けているのだろうか。

鏡の前を通り、ちらっと自分の姿を横目にして、千郷はちょっとため息をついた。

さすがにひどい有様だった。髪はボサボサで、ズボンはよれよれで、シャツのボタンはすべて弾き飛ばされている。

そしてもちろん、身体の中にはまだ残っている。

とりあえず羽織っていたスーツの上を脱ぎ捨て、風呂の給湯スイッチを入れた。シャツはもう、使いものにならないだろう。

脱衣所でシャツを脱いで、ゴミ箱に放りこむ。

と、ズボンを脱ごうとした時、のっそりと真砂が入ってきた。

じっと目が合う。

おたがいにわかっているような、いないような。探り合うというより、タイミングをはかるみたいな。

「俺がとってやるよ」

結局、ほとんど直球で真砂が言った。

腕を伸ばし、するりと千郷の腰を抱くようにして、指で後ろをなぞってくる。それだけで、ゾクッと肌が震えた。

「俺がそんなことをさせると思うのか？」

いったん治まっていた熱が再びじくじくと上がってくるのを感じながら、千郷は冷ややかに返す。

「今さらだろ？　おまえのことは何度も風呂に入れてやったんだし、おまえのハダカなんか何度も見てる」

そんな言葉にちょっと笑ってしまう。

確かに今さら、だ。指を中につっこまれて残っていたものをかき出され、きれいに洗われたことすらあるのだ。

「ま、何度見てもイイもんだけどな」

しかしにやりと笑ってつけ足され、いつになくちょっと気恥ずかしくなる。

「中をとるだけですむのか？」

それでも強いて何でもないように、千鄕は淡々と尋ねてやった。

だがその言葉は……誘っているのと同じだ。

さすがに取り違えることはなく、真砂がにやりと笑う。

「すむわけねぇな」

ぬけぬけと言うと、真砂の手が千鄕のズボンのボタンを外し、ファスナーを引き下ろした。汚れていた下着と一緒にズボンが脱がされる。

床に膝をつき、うやうやしく自分に奉仕するような男の作業を鏡越しに見ながら、千鄕は眼鏡を外して洗面台にのせた。

裸体が抱え上げられて、湯のたまり始めていたバスタブに落とされる。

そしてその千鄕の目の前で、真砂が自分の服を脱いでいった。高いスーツのズボンも無造作に脱ぎ捨て、皺になるのもかまわずに後ろの脱衣所の床に放り投げる。

見事な筋肉が張り、均整のとれた身体が目の前にさらされる。

千鄕の身体をまたぐように湯船に入ってくると、両腕をとって千鄕の身体を引き起こした。すっぽりと両腕で正面から抱きかかえ、背筋を伝った指が尻の間に分け入ってくる。

「ん……っ」

千鄕は思わず身体をしならせ、男の肩にしがみついた。

まう。

「うるさい…っ」

からかうように言われて、カッ…、と頬が熱くなる。いつになく感情的に言い返してし
実際真砂の指の感触だけで、腰の中が熱くうねり、どうしようもなく高ぶっていた。

骨っぽい指は容赦なく中へ入りこみ、えぐるように奥へ潜って、ローターを引っ張り出す。

「こんなモン、俺に無断で入れられやがってよ……」

投げ捨てながら、ぶつぶつと文句を垂れる。

ようやく異物が消え、ほっとしながらも、千郷はうめいた。

「おまえが…、早く来なかったからだろ」

ほとんど、いや、まったくの責任転嫁だ。しかも男が来るのを待っていたような。

ん？　と真砂がぐったりと腕に倒れかかっていた千郷の顔をのぞきこんでくる。

千郷は腕を伸ばし、男の頭を引きよせると、強引に唇を重ねてやった。

初めての、真砂とのキスだった。やはり先代とは違う。感触や、弾力や。

一瞬、驚いたようだったが、真砂はすぐに千郷の背中を引きよせ、さらに熱っぽく舌をねじこんできた。

「戸張を探してたからだろうがっ。タイミングっつーモンがあるんだよっ」

そして唾液が糸を引くほど深いキスをいったん離すと、しっかりと反論し、再び噛みつくようなキスが与えられる。

先代は、こんなキスはしなかった。いつもなだめるみたいに優しくて。

それでも千郷は、その奪われるようなキスに酔う。

濡れた音を立て、おたがいに執拗なキスをくり返す合間に、真砂が手を伸ばしてシャワーをとった。もう片方の指で千郷の後ろの入り口を押し開くと、その噴き出す湯の勢いで千郷の中を洗っていく。

「あぁぁぁぁ……っ！」

その刺激にさすがに声を上げ、身体をのけぞらせて、千郷は男の胸に肌をすりよせた。

さらに指が入れられ、中のぬるぬるとした潤滑剤が洗い落とされていく。だがシャワーを止めたあとも男の指は抜かれず、逆に二本に増えて千郷の中を乱していった。

「ん…っ、あ…っ…、あぁ……っ」

ギュッと目を閉じて、千郷は真砂の分厚い肩に爪を立てる。

「千郷……、ココ、いいか？」

熱っぽくかすれた声で名前が呼ばれ、ドクッ…、と身体の奥で血が沸き立つ。

「すげぇ…。中、ヒクヒクしてんぞ？」

いやらしく言われ、さらに全身が熱を上げる。

男の指が確かめるように千郷のイイところを何度も突き上げ、すでに形を変えた中心を男の足にこすりつけるようにして、千郷は達していた。

「たまんねぇな…、その顔」

放心した顔が両手で挟まれて、自分の頬にすりあわされ、もう一度キスされる。

キスを覚えたての思春期の子供みたいな執拗さで、やっぱり先代にはなかったことだ。妙にカワイイ。

ぐったりとした身体がバスタオルで無造作にくるまれると、そのまま抱き上げられた。

そのまま狭い脱衣所を出ようとして、バスタオルの端が洗面台にのせてあった眼鏡に引っかかり床へ落ちる。それに気づかずまともに真砂の足がそれを踏みつけていた。

レンズは割れていなかったようだが、ツルは完全にへし折れている。

「おっと…、悪い」

さして悪いとも思っていない口調で軽く言った男に、千郷はため息とともにうめいた。

「またか…。三度目だぞ？」

「あー？　そんなに壊してねぇだろ」

どうやら昔のことはすでに記憶の端にもかかっていないらしい。

「壊された方は覚えてるんだよ。今度まとめて請求するからな」

ハイハイ、と調子よく答えた男は、しかし一瞬後には忘れたように、ベッドに運んだ千郷を期待に満ちた顔で見下ろしてくる。

仰向けにシーツに横たわり、千郷は当然のようにのしかかってくる男を見上げた。

こんな角度から見たのも初めてで…、妙に新鮮な気がする。

真砂が千郷の腕をつかみ、シーツに張りつけるようにすると、唇が重ねられた。

「んん…っ…、……ん……」

深く根本から舌が絡められ、吸い上げられて、何度も何度も味わわれる。そのまま顎に、喉元に、そして鎖骨にと貪るように唇が這わされた。痕が残るくらいにきつく。

ちりっとしたその痛みに肌があぶられるようで、あっさりと反応してしまいそうな危うさに襲われて。とっさに手のひらで胸をなぶり始めた男の髪をつかむようにして顔を上げさせ、千郷は釘を刺した。

「前に言ったな？　オヤジさんよりヘタだったら二度はないぞ」

「てめ…、ハードル高すぎだろっ。オヤジがおまえに教えたんだから、オヤジよりよくってのは、時間かかるに決まってんだろっ。せめて一、二年待てよっ」

目を三角にして、ぎゃんぎゃんと真砂がわめく。

「一年も二年もヘタなセックスに我慢できるか」

無慈悲に千郷は言い捨てた。

「泣き言を言うな。結局、自信がないわけか？　それともないのはテクニックの方か？」

「可愛くねぇぞっ。……くそっ。泣かしちゃるっ」

にやっと笑って言ってやると、真砂が一声吠え、千郷の身体にむしゃぶりついてきた。

男の重みを全身に受ける。体温と湿った肌の感触が、千郷の身体に沈みこむ。

手のひらが吸いつくように肌を撫でまわし、真砂の唇が飽きることなく、執拗に千郷の肌を愛撫していく。

先代よりずっと性急で、激しい。

男の指がきつく千郷の胸の芽を摘み、指先で転がして押し潰す。そのあとをねっとりと舌でなめ上げてから、甘噛みされる。

「ん…っ…、ぁ……」

ゾクッと肌に沁みこむような甘い刺激に、千郷は小さくあえいで身をよじった。

脇腹から足の付け根、そして内腿へと入りこんだ男の手が、千郷の中心を手の中に収めて、優しくこすり上げる。両足が恥ずかしく抱えられ、男の舌がやわらかな内腿をなめ上げると、きつく噛み痕が残される。

「あぁ…っ」

ジン…、と痺れるようなその感触に、千郷はこらえきれず声を上げてしまう。ビクン…、と知らず、中心が持ち上がった気がした。

無意識に隠すようにしていた手が引き剥がされ、下生えから突き出したモノが男の口に含まれた。熱い舌に巧みにしゃぶられ、湧き出してくる快感にたまらず腰が揺れる。

千郷は無意識に男の髪をつかみ、自分から腰を揺すって、さらに貪欲に求めてしまう。

口が離された時には、千郷のモノは淫らに唾液を絡みつけ、しっかりと頭をもたげていた。

それを手の中でこすりながら、男が千郷の腰をグッと引きよせる。さらに足が折り曲げられ、腰がわずかに浮かされた。

膝が開かされ、恥ずかしい部分が男の目にさらされる。

「やめろ……っ」

本当に今さらだったが、今までになく恥ずかしく、思わずそんな声が飛び出していた。

今まで…、この男に抱かれることを前提にして、そんなに見られたことはないのだ。

「ん？　どうした？」

真っ赤になっていた千郷の頬を指でつっつき、真砂が性格悪く、とぼけたようににやにやと尋ねてくる。

「ああ…、今日はココ、他の男に触られたもんなぁ…。心配するな。その分、俺が大事にたっぷりと可愛がってやるよ」

「真砂…っ」

ぬけぬけと言う男に思わず噛みついたが、潤んだ目でにらんでも相手を悦ばせるだけのようだった。

男の腕ががっちりと千郷の腰を押さえこみ、双球の根本から続く細い溝が舌先で丹念になめ上げられる。ひどく感じる場所で、千郷は必死に唇を噛んで両手でシーツを握りしめたまま、ビクビク…と腰を震わせる。

さらに濡れて敏感になったところが指でなぞられながら、広げられた奥の入り口が舌先でつっつかれた。

硬く窄《すぼ》まっていた襞《ひだ》が舌先になだめられるたび、あっさりとやわらかく溶けて崩れてしまう。すでに指で慣らされたそこは、新しい刺激を求めて恥ずかしくうごめいている。男の指が確かめるように襞を押し開き、さらに奥へと舌先を伸ばす。

「……ふっ…ん…っ、あ…っ…あぁ……っ」

尖らせた舌先に敏感な内壁がこすられ、腰の奥が溶け落ちるような甘い快感に身体がくねる。

「すげぇな…」

ため息をつくようにつぶやくと、真砂は中指を一本、ゆっくりと中へ含ませてきた。

「あぁっ…、あぁぁ…っ、いい……っ」

しばらくやわらかな刺激だけを与えられていた場所が硬い指にこすられ、こらえきれずに千郷の腰はそれをきつくくわえこんでしまう。淫らに襞が収縮し、さらに奥へ誘いこもうと、夢中でしゃぶり上げる。

中が無造作にかき混ぜられ、狂おしいような快感に千郷は腰を振り乱した。ほったらかしにされた前からは、ポタポタと恥ずかしく蜜が滴り落ちている。

「ほんと…、たまんねぇ……」

かすれた真砂の声とともに唇がふさがれ、舌が絡み合う。いつの間にか指が二本に増やされ、何度も抜き差しされて、身体をのけぞらせながら間欠的な声を上げ続ける。

しかしすぐに指は抜けていって、千郷は喪失感にたまらなくなった。

「ま…さご……っ」

知らずねだるような声がこぼれ、男が密やかに笑った。

真砂が腕を伸ばして千郷の頭を持ち上げ、ベッドにすわりこんだ自分の腿にのせるようにする。膝枕、と言えなくもないが、視線のすぐ横にはすでに硬く反り返った男のモノが突き出している。

あ…、とにらむように顔を上げると、にやっと真砂が唇で笑った。

欲しいんだろ？　と言うみたいに。

どうしようもなかった。

千郷は重い身体を起こし、手を伸ばして男のモノをつかむと、先端から口に含んでいく。

舌先に男の形がはっきりと感じられた。

さっき野添に口にねじこまれたことが一瞬、頭をよぎったが、ぜんぜん違っていた。身体の奥からじわじわと湧き出すような、悦びと愛おしさがある。

千郷は喉の奥までそれを導き、夢中でしゃぶり上げた。唇で先端をなめまわし、小さな穴からこぼれるものをすするようにして味わう。舌で男の太い表面をたどり、浮き出した筋に沿ってなめ上げた。

と、いきなり真砂の手に顎をつかまれ、引き剥がされる。

「もういい。それ以上はヤバイ。おまえ、うますぎだって」

どこか不機嫌な様子なのは、千郷がうまいとすればそれはオヤジさんの仕込みのせいだとわかっているからだ。

「いいモノを持ってるようだから、あとは使い方だな」

「ああ…、たっぷりと教えてやるさ」

上から目線で言うと、真砂も不敵に返してくる。そして千郷の背中に覆い被さるようにして、のしかかってきた。

うなじから背筋に沿って、なめるようなキスが落とされる。

肩から二の腕が手のひらで撫でられ、脇腹から前へまわった両手がいたずらするように乳首をいじり始める。内腿に真砂の男が押しあてられ、その存在を教えるように足に、そして千郷の中心にこすりつけてくる。

その熱に、身体の奥からじりじりと焦燥が湧き上がってくるようだった。

無意識に腰が浮いてしまい、真砂が背中で低く笑った。

まるでねだるみたいに突き出された腰が男の手でつかまれ、いやらしい襞が舌先で愛撫される。唾液をたっぷりとこすりつけられ、中まで濡れてくるようだった。

腰の奥が男の指の感触を――そしてもっと大きな熱を思い出して、ずくっと疼く。

指で慰めるくらいはあったが、先代がいなくなってから、そこに男を受け入れたことはなかった。

「千郷…、いいか?」

真砂が聞いてくる。身勝手な男にはめずらしく。

「ダメだといったら…?」

肩越しにふり返り、千郷はちらっと笑って尋ねてやる。

ムッとしたように真砂の額に皺がよった。そしてにやっと笑う。

「やるに決まってんだろ」

低く宣言すると、先端を襞に押しあて、グッ…、と中へ入ってきた。

ひさしぶりの大きさ、その感覚に、一瞬息がつまる。それでもゆっくりと力を抜き、千郷は男を身体の中に受け入れた。

「ああ……っ、あ……ふ…ぁ…っ……」

信じられないくらい奥まで、男の熱を、大きさを感じる。いっぱいに中がこすり上げられ、痛みを凌駕《りょうが》する快感に肌が粟立つ。

いったん根本まで収めた男がそっと息を吐いた。

太い腕を前にまわし、片腕で千郷の胸を引きよせる。

「ほら…、千郷……。俺のだって悪くねぇだろ？」

ゆさゆさと腰を揺らしながら、せっぱ詰まった声が耳元でささやいた。

動かされるたび、さざ波のような快感が身体いっぱいに広がってくる。さらに大きくまわすように動かされ、何度も打ちつけられて、たまらず千郷は理性を手放すように声を上げた。

「ま…さご…っ、あぁ……っ、そこ……！」

「イイって言えよ」

「んっ…ん…っ……——はっ…ん…っ、いい……っ」

「ココか？」

さらに狙い澄ましたように突き上げられ、千郷は悲鳴のような声を上げて一気に達してしまった。

瞬間、無意識にギュッと腰を締めつけてしまう。くそっ…、と低いうめき声が耳をかすめ、ほとんど同時に中が熱くほとばしるもので濡らされたのがわかる。

しかし真砂のモノはまったく変化を見せなかった。まだ十分に硬いまま、千郷の中で脈打っている。それがひどく生々しい。

「締めすぎだろ……」

ぶつぶつ言いながら、糸が切れたようにぐったりとした身体が抱き起こされ、千郷は男の膝にすわらされた。

真砂の男は中に入ったままで、前にまわってきた手が力をなくした千郷のモノを包みこみ、何度もしごかれ、指先で先端をいじられる。

「んん…っ、……あ…っん……っ」

イッたばかりだというのに、甘やかな快感が再び腰の奥からせり上がってきた。

男の手に自分の指を重ねるようにして、千郷は腰をうごめかす。

「おまえの中、絡みついてくるみたいですげぇイイ……」

耳たぶを噛むようにしてこそっとささやかれ、カッ…、と全身が火照《ほて》ってしまう。

「ひ…ぁ……あぁぁぁ……っ」

そしてグッと両膝が抱えられ、軽く揺すられて、うねるような快感にたまらず千郷は男の胸に背中をすりよせるようにして、身体をのけぞらせた。中に出されていたものがさらに激しくかき混ぜられ、ぐちゅぐちゅといやらしく音を立てる。

しかし二、三度突き上げただけで男は動きを止め、今度は前にまわした指で千郷の乳首をもてあそび始めた。尖りきった小さな芽が男の指に押し潰され、爪で弾かれて、オモチャのように思うままにいじられる。

「あっ……あっ…あぁ…っ、そこ……やめろ……っ」

その小さな刺激がダイレクトに下肢に伝わり、その都度、感じていることを隠すこともできずに中の男を締めつけてしまう。

クックッ…、と男が耳元で笑った。

「そうだよなぁ…、せめてカラダの方だけでも俺に懐いてくれねぇとなァ…」

ずうずうしく言いながら、真砂が乳首をひねり上げ、その刺激にたまらず身をよじった千郷の中心をするりと撫で上げる。パタパタ…っ、とはしたなく、先端から滴《しずく》がこぼれ落ちた。

「ミツバチちゃんの甘い蜜、あとでなめさせて？」

嫌がらせみたいに言った男を、千郷は肩越しににらみつけたが、その後頭部がつかまれ、不自由な体勢からキスが奪われる。

舌を絡めながらピンと立った乳首がいじられ、濡れた下肢がいじられて。しかし中に入ったままの男は動かず、ただじわじわと硬さと大きさを増しているのがわかる。

身体の奥が疼くようで、千郷は無意識に腰を動かそうとしたが、自分の体重でまともに動くことができない。

「う…ごいて……っ」

こらえきれず、千郷は男の太腿に爪を立てるようにして口走った。

「どうした?」

本当に聞こえなかったのかどうなのか。肩に、首筋に、耳元に、ざらざらした頬や唇をこすりつけながら、真砂が聞き返してくる。

「動いて……くれ……っ」

どうしようもなく、千郷はねだった。

「千郷…、可愛いな」

吐息で笑われ、そのまま両膝が抱えられると、一気に激しく揺すり上げられた。

「ふ…ぁ…っ、あぁ……っ、あぁぁぁ…………っ!」

身体の一番深くまで男のモノにこすられ、突き上げられて、抵抗もできないまま、千郷は再び絶頂に追い上げられた。

「千郷……」

男の荒い息遣いが耳元でこぼれ、肩に、うなじに、何度もキスが落とされる。

そして離しがたいようにようやくシーツに寝かされ、男のモノが後ろから抜けていく気配に、思わずホッと息をついてしまった。とろっと内腿に溢れ出した感触が気恥ずかしい。

体力が尽きた感じだった。誰かと身体を合わせるのがひさしぶり…、というよりも、やはり先代よりは激しい。先代にはこんなに立て続けにされたことはなかった。

若いからかな…、と、ちょっと笑ってしまう。

が、それが失敗だった。

「てめぇ…、何笑ってやがるっ」

「な…っ」

いきなり腕がつかまれ、表にひっくり返されて、まだ硬いままの男が再び挿入された。

どれだけケダモノだ…っ、と思わず内心で罵る。

「どうだ？　回数はやっぱり俺だろ？」

腰を使いながら、真砂が自慢そうに真上から顔をのぞきこんできた。

「おまえ…っ、いいかげんにしろ……っ」

さすがにわめいた千郷に、真砂が小さく口を尖らせる。

「オヤジに勝てるのはこのくらいだろうよ…」

「そういうことじゃないだろう」

むっつりと言った千郷に、真砂が鼻の頭を千郷の喉元にすりよせてきた。

「今度はもっと優しくするからさ…」

それでもやるのか…、と、千郷は思わず大きなため息をつく。

まあ、ただ、こういう暑苦しいのも悪くない――。

そんな気がした。

もちろん、そんなことを口にして、この男を甘やかす気はなかったが。


さんざん好き放題に喰らい尽くされて、ようやく寝るのを許された千郷は、その翌日、鳴りやまない携帯の着信音に目が覚めた。瞬間、ギシギシと痛む身体に顔をしかめる。

隣に真砂の姿はなかった。

夜明けのコーヒーをやりたいとか言ってなかったか…？　とぼんやり思いつつ、千郷は枕元の携帯に手を伸ばす。相手は戸張だった。

昨日は結局、話せないままで、大丈夫か？　と、とりあえず容態を確かめようと思ったが、出た瞬間、せっぱ詰まった声で戸張が叫んだ。

「千郷さんっ！　テレビ！　テレビ、見てくださいっ！」

◇　　◇

千郷は車のリアシートでいらいらと腕時計を眺めていた。

一分おきどころか、三十秒おきくらいだ。

運転手をしていた隆次が、バックミラー越しにそんな千郷の様子をおもしろそうに眺めているのに気づいてぎろっとにらんでやると、あわてて首を縮めた。

府中刑務所横の通用門だ。今日は真砂の出所日だった。

千郷が真砂に会うのは八カ月ぶり――あの日、ベッドで寝落ちして以来だ。まったく、信じられないことに。

あの翌朝、戸張に言われてテレビをつけた千郷は、そのニュース映像に言葉を失った。

真砂が逮捕されていたのだ。

そしてその状況は、動画サイトにアップされた映像で明らかだった。

動画は、きっちりとしたスーツ姿の真砂が見覚えのある財務省のロビーに入っていくところから始まっている。

堂々としたその見かけだと、とてもヤクザの幹部とは思えないだろう。

受付で誰かを呼んでもらったようで、……まもなく引きつった顔で真砂の前に下りてきたのは香村だった。

『な…、なんだ、君はっ？　こんな職場まで押しかけてきて非常識じゃないかっ！』

『申し訳ありませんね。しかしすでに期日も過ぎて、総額一千二百万の借金ですよ？　利子も払えないんじゃ、そろそろ給料の差し押さえも考えさせてもらいませんとねえ』

返した真砂の声は、やたらと大きい。明らかにまわりに聞かせようとするように。

一千二百万というと、真砂のところのだけではないはずだ。おそらく香村の各社での借り入れをすべて集めたのだろう。……回収できなければ、損失は真砂がかぶることになるのに。

『だっ、黙れッ！　そんな借金なんて…、俺は知らないぞっ！　帰れっ！　帰ってくれ！』

『しらばっくれるおつもりですか？　財務官僚ともあろう立場で？　わかりました。では上司の方に相談させてもらって、香村さんのご実家の方にもおうかがいさせてもらうことにしますよ』

『お…おいっ、ちょっと待てっ！　きさま、何のつもりで……！』

血相を変えた香村が、背を向けて再び受付に向かおうとしていた真砂の肩を強引につかむ。そのまま襟首を引きずるようにして押さえこんだところを、真砂が殴りつけた。

さすがに会話の声が大きく、内容も内容だっただけに、通りすがりの耳目も集めていたのだが、吹っ飛ばされた香村の姿に女子職員の悲鳴がいっせいに上がる。

が、見方によっては真砂は振り払っただけのようでもあり、その勢いで真砂が持っていた借金の借用書だろう、十数枚くらいはありそうだったが、それが一気にロビー中に散らばった。……あるいはわざと、だったのだろうか。

殴られ、床に這いつくばって呆然としていた香村だったが、自分の周辺に舞い散る紙が何か理解した瞬間、うわぁぁぁぁっ！　と獣じみた声を上げて、必死にそれをかき集めている姿がしっかりと動画に撮られている。

まさか、天下の財務省のロビーでこんな暴力沙汰が起きるとは思ってもいなかったのだろう。後ろでは職員たちがあわてふためき、警察だっ！　という声が飛び交っていた。

しかしあせる様子もなく、真砂は借用書を拾い集め、それを手にして好奇心いっぱいにマジマジと読んでいる職員からも丁重に、にこやかに返してもらっている。

そしてまもなくパトカーのサイレンが聞こえ、バラバラっと警察官が飛びこんできたところで、動画は終わっていた。

そのあと簡単な事情聴取があって、おそらくは現行犯で真砂は逮捕されたのだろう。

一部始終をたまたまその場に居合わせた誰かが携帯で撮影した、というよりも、始めから狙ってきっちりと映していたようだ。……おそらくは、真砂が指示して。

結局真砂は、暴行と恐喝の容疑で八カ月を食らった。状況から見て、一般人としては重すぎるが、ヤクザの幹部としては、検察側もこのあたりが精いっぱいだったらしい。

暴行も微妙なものだったし、罪状とすれば「行きすぎた取り立て」くらいしかない。

しかしこれで、香村のキャリア官僚としての人生は終わった。

多額の借金が職場に知れ、ギャンブル狂いがバレ、さらには企業との癒着やら情報漏洩《ろうえい》やらも表沙汰になって、辞職に追いこまれたのだ。

真砂の狙いははっきりとしていた。——千郷のために、だ。

バカかっ！　と思った。

だがそれよりも千郷を怒らせたのは、あの日、真砂が部屋に残していったメッセージだ。

『ちょっと出かけてくる。いい子で待ってろ』

ちょっと？　いい子で？

——殺してやろうかと思った。

さんざんやりまくって二年ぶりに男を思い出させておいて、八カ月もほったらかしか？

そう思うと、猛烈な怒りがこみ上げていた。

実際、手当たり次第に組のオヤジたちとやりまくって八カ月後を迎えてやろうかと思ったが、さすがに自重した。真砂のためというより、先代の名前に傷をつけたくはない。

いらいらとしているうちに、それでも時間は過ぎ、門が開いてスーツ姿の真砂が姿を見せた。

かつては幹部の出所ともなると、全国から幹部や義兄弟がはせ参じて出迎えたものだが、さすがに暴対法の施行以降、そんな派手な真似もできなくなっている。三人くらいまで、と刑務所の方からのお達しもあるのだ。

引きつった顔の若い刑務官から「もう帰ってくるなよ」とか言われているかどうかは疑問だが、真砂はまっすぐに車にやって来た。

「おう、千郷」

開いていたウィンドウをのぞきこみ、真砂がにやりと笑う。見慣れた顔だ。節制した食事のせいか、少し痩《や》せたように見える。

車から降りて、立って待っていた隆次が「お務め、ご苦労さまでしたっ！」と声を張り上げる。

変わりはないか？　とそれに気安く応えながら、隆次が後部座席のドアを開けるのを待って、真砂が千郷の隣に乗りこんできた。

「何をやってるんだ、おまえは？」

そして車が走り出すと同時に、千郷は前を向いて腕を組んだまま、ぴしゃりと言った。

「何って？」

真砂がとぼけてみせる。

「おまえの評判は地に落ちたよ。こんなつまらない刑を食らいやがって」

警察に挙げられたことのない「奇跡の男」が。

敵対する組長のドタマをぶち抜いて二十年くらいしょいこむのなら、ヤクザ的には立派な英雄だし、銃刀法違反あたりで二、三年ならまだしも、だ。

「十年も二十年も食らってられるか。その間、誰がおまえを慰めてんのか、もんもんと考えちまうだろーが」

ふん、と真砂が鼻を鳴らす。と、思い出したように尋ねてきた。

「それよりおまえ、組長と盃を交わしたんだってな？」

面会の組員から聞いたのだろう。千郷は一度も行かなかったが、綾佳ママなどは何度か行っていたようだ。

そう。あれから千郷は正式に一生と親子の盃を交わした。

とりあえずこのクソボケが帰って来るまで待ってやろうか、と思ったからだ。

「そうだ。おまえが帰ってきたら言おうと思っていたんだ」

と、ようやく千郷は男に向き直ってにっこりと笑ってやった。

「なんだ？」

何かを期待するように、わくわくした目で真砂が見つめ返してくる。

まあ何にしろ、八カ月ぶりの再会なのだ。言いたいことはいっぱいある。

「俺の眼鏡を弁償しろ」

「…………あ？」

真砂が間抜けた顔を見せた。

しかし千郷としては、とりあえずそこから始めてほしい。

end.

# あとがき

こんにちは。ガッシュさんではおひさしぶりな感じになります。そしてなんと、ゴクドーものっ。結構書いているようで、実はあまり書いたことがないんですよね。

今回は極道のバディものを書きたいなあ…、と思いながら始めたお話でしたが、なんか、当初はプロットにさえ影のなかった先代オヤジが存在感たっぷりに登場し、見事に千郷ちゃんのハートを射止めてしまいました。おかげで結局のところ、「果たして真砂は先代の屍を乗り越え、千郷の心をゲットできるのか⁉」というところがポイントになってしまったよーな気がします。さて、どうでしたでしょうか。オヤジ越えはなかなか大変なんですよね……(いや、私がオヤジを贔屓するからですが)。でもカップル的には、三十二歳、同い年の二人です。オヤジの包容力もよいのですが、同級生には同級生のよさがありますよね。おたがいに張り合って、頼って、頼られて。王道ですが、武闘派な攻めと知能派の受け。好きです(笑)。ともあれ、鳴神組の双璧として、この先は二人で組を盛り立てていってくれるものと思います。

……と、書いていたら、いきなりものすごい腹痛に襲われ、真夜中にのたうちまわってしまいました。多分、夜に食べたロールキャベツが古かったのか、火が通っていなかったのか、両方か……。どうかお気をつけください（私がだ）。でも翌朝はちゃんとお腹が空くあたりはさすがです。

さて、今回イラストをいただきました周《す》防《おう》佑《ゆう》未《み》さんにはとても色っぽい二人のイラストを本当にありがとうございました！　男っぽい色気の真砂とクールな色気のミツバチちゃんのツーショットにくらくらにやにやしておりました。いろいろとご迷惑をおかけいたしまして、申し訳ありません。できあがりを楽しみにさせていただきます。そして編集さんには毎回のことで、本当にお手数をおかけいたしました。なんとかなんとか、這い上がっていきたいと思いますので、また懲りずによろしくお願いいたします。

そして、こちらの本を手にとっていただきました皆様にも、本当にありがとうございました。カッコイイ表紙の二人に惹かれたものかと思いますが、中身でがっかりされないことを祈ります。真砂っ、がんばれっ。真夏の夜にいっとき、お楽しみいただければ幸いです。また、どこかでお目にかかれますように。

8月　夏はすっきりさっぱりトコロテンっ。もちろん出汁で食べます！
それ以外は認めませんっ（笑）

水壬楓子